贵 州 红 色 故 事 系 列

贵州省中共党史学会 组织编写　　　　彭文俊 著

黔 山 星 火

——中共贵州省工委的建立及活动

孔學堂書局

本书获2021年贵州省出版传媒事业发展专项资金资助
本书获贵州省孔学堂发展基金会资助

图书在版编目（CIP）数据

黔山星火：中共贵州省工委的建立及活动 / 彭文俊著
— 贵阳：孔学堂书局，2024.1
（贵州红色故事系列）
ISBN 978-7-80770-428-7

Ⅰ.①黔… Ⅱ.①彭… Ⅲ.①革命故事－作品集－中国－当代 Ⅳ.①I247.81

中国国家版本馆CIP数据核字(2023)第168583号

贵州红色故事系列（第一辑）　贵州省中共党史学会　组织编写
主编：耿晓红　　执行主编：余福仁　　副主编：向开义

黔山星火——中共贵州省工委的建立及活动　彭文俊 著

QIANSHAN XINGHUO：ZHONGGONG GUIZHOUSHENG GONGWEI DE JIANLI JI HUODONG

策　　划：	苏　桦
责任编辑：	张发贤　张基强
书籍设计：	张　莹
出　　品：	贵州日报当代融媒体集团
出版发行：	孔学堂书局
地　　址：	贵阳市乌当区大坡路27号
印　　制：	雅昌文化（集团）有限公司
开　　本：	787mm×1092mm　1/32
字　　数：	81千字
印　　张：	4.25
版　　次：	2024年1月第1版
印　　次：	2024年1月第1次
书　　号：	ISBN 978-7-80770-428-7
定　　价：	19.80元

版权所有·侵权必究

贵州红色文化丛书

编辑出版委员会

主　任　卢雍政

副主任　谢　念　耿　杰　覃爱华

成　员　孙含欣　宋广强　周　文　何长锁　欧阳志国
　　　　杨　未　李　筑　蔡光辉

贵州红色故事系列
（第一辑）

编辑出版委员会（按姓氏笔画排序）

主　任　杜　丹　耿晓红

副主任　王大鸣　余福仁　覃爱华　戴建伟

成　员　王志力　王维飞　向开义　杜　黔　李朝贵
　　　　杨又铸　杨兴宇　杨建光　吴廷述　张　勇
　　　　张中俞　张黔生　陆胜康　范同寿　罗永赋
　　　　周　伟　袁正纲　高隆礼　梁贵钢　彭　辉
　　　　彭文俊

总　序

一百年风雨兼程，一百年沧桑巨变。中国共产党从1921年成立以来，团结带领全国各族人民为实现民族独立、人民解放和国家富强、人民幸福进行不懈奋斗，走过了百余年艰辛而辉煌的历程，带领中华民族书写了气壮山河、彪炳史册的壮丽史诗，创造了震古烁今、震撼世界的伟大功勋！中华民族迎来了从站起来、富起来到强起来的伟大飞跃，中华民族伟大复兴进入了不可逆转的历史进程！

红色资源是我们党艰辛而辉煌奋斗历程的见证，是最宝贵的精神财富。贵州作为中国革命的福地、圣地和转折地，在党的坚强领导下积淀了厚重的红色文化，形成了特有的红色血脉，留下了宝贵的精神财富。

20世纪初期，受新文化运动和民主革命思想的影响，邓恩铭、王若飞、周逸群、旷继勋、龙大道、周达文等一批追求真理，渴求新知识、新思想的贵州籍革命先驱和进步知识分子走出黔山，积极投身到中国革命的第一线。在血与火的斗争中，他们一边接受马克思主义的熏陶，一边担负起宣传革命的重任；虽身在异乡，却心系桑梓，通过种种方式和不同途径，将马克思主义学说传回家乡、介绍给人民，为唤醒贵州民众冲破封建主义樊篱，走无产阶级革命道路，进而接受中国共产党领导，建立地方党的组织奠定了思想基础。

贵州是中国革命的圣地、福地,在我们党的百年历史上留下了浓墨重彩的一笔、书写了光辉灿烂的篇章。1930年至1936年,党领导的红七军,红八军第一纵队,红三军,红六军团,中央红军,红二、红六军团6支红军主力先后转战贵州,时间跨度7年,历时累计21个月,足迹遍及全省68个县(市、区),建立了黔东、黔北、黔西北、滇黔桂边等革命根据地,如火如荼的革命烈火燃遍贵州东西南北。当年长征时,中央红军在贵州活动时间最长、活动范围最广,创下了强渡乌江、激战娄山关、四渡赤水等经典战例,特别是召开了以遵义会议为标志,包括黎平会议、猴场会议、苟坝会议等一系列关系中国革命前途命运的重要会议。遵义会议确立了毛泽东同志在党中央和红军的领导地位,在最危急关头挽救了党、挽救了红军、挽救了中国革命,是党的历史上一个生死攸关的转折点。红二、红六军团长征进入贵州,召开了石阡会议、黔西会议、野马川会议及盘县会议;挥师黔东有力地策应了中央红军的战略转移,乌蒙山千里回旋,创造了长征途中摆脱强敌、运动歼敌的又一成功战例。党中央批准建立了中央红军长征途中唯一的省一级地下党的领导机构——中共贵州省工作委员会。贵州因此成为中国工农红军休养生息、发展壮大之地,中国共产党和中国革命从挫折走向胜利的转折之地,中国共产党真正懂得独立自主、开始走向成熟之地,以毛泽东同志为核心的党的第一代中央领导集体开始形成之地,长征精神的重要孕育地和遵义会议精神的发源地。

除此之外，贵州还有以中共贵州省工委为代表的地下党斗争文化、以中国共产党领导的贵州抗日救亡运动为代表的抗战文化、以贵州解放和剿匪斗争为代表的接管建政文化、以三线建设为代表的社会主义建设文化、以探索改革创新典型为代表的改革开放文化以及以新时代贵州精神为代表的奋进新征程文化。

习近平总书记高度重视红色资源的保护、管理和运用，反复强调要把红色资源利用好、把红色传统发扬好、把红色基因传承好。2021年2月初，习近平总书记视察贵州时作出指示，要从长征精神和遵义会议精神中深刻感悟共产党人的初心和使命，走好新时代的长征路。

凡树有根，方能生发；凡水有源，方能奔涌。红色血脉是中国共产党政治本色的集中体现，也是新时代中国共产党人的精神力量源泉。

一百多年来，在贵州这片红色土地上，贵州各族人民始终与党血肉相连、命运与共，红色血脉一直在贵州大地赓续传承，伟大建党精神、长征精神、遵义会议精神始终激励着贵州各族儿女坚守初心使命，在新的长征路上奋勇前行。特别是党的十八大以来，在以习近平同志为核心的党中央坚强领导和悉心关怀下，贵州实现了从封建专制到人民民主的巨大转变、从百废待兴到奠基立业的巨大转变、从封闭落后到开放进步的巨大转变、从发展滞后到追赶跨越的巨大转变。习近平总书记赞誉："贵州取得的成绩，是党的十八大以来党和国家事业大踏步前进的一个缩影。"

红色历史因铭记而永恒，红色精神因弘扬而不灭，红色基因因传承而鲜活。在全党全国上下深入学习宣传贯彻党的二十大精神之际，把党的历史总结好、学习好，把党的故事收集好、讲述好，把红色基因传承好、发扬好，对于广大干部群众深刻铭记中国共产党的光辉历程，深刻认识中国共产党为国家和民族作出的伟大贡献，鼓励广大党员干部群众进一步发扬革命精神和优良传统作风，具有十分重要的意义。

为此，中共贵州省委党史研究室策划、贵州省中共党史学会主编、孔学堂书局编辑推出了"贵州红色故事系列"。该系列第一辑共10册，选取红军长征在贵州具有代表性和影响力的10个重要事件，以全省各地丰富的红色文化为主线，以当地长征革命遗址为切入点，图文并茂，寓故事性、生动性、可读性于一体，旨在进一步传承弘扬伟大建党精神、长征精神和遵义会议精神，激励广大党员干部群众从党的奋斗历史中汲取丰厚滋养，勿忘昨天的苦难辉煌，无愧今天的使命担当，不负明天的伟大梦想，以史为鉴、开创未来，埋头苦干、勇毅前行，在新时代的长征路上，牢记嘱托闯新路、感恩奋进建新功，为建设经济兴、百姓富、生态美的多彩贵州新未来，为奋力谱写中国式现代化贵州实践新篇章，为强国建设、民族复兴贡献更大的力量！

编者
2023 年 12 月

目录

高原的曙光 …………………………………… 1

秘密联络点 …………………………………… 14

山城播火种 …………………………………… 25

黔中有砥柱 …………………………………… 37

智取密电码 …………………………………… 52

护送特派员 …………………………………… 66

诱敌巧斡旋 …………………………………… 76

省工委罹难 …………………………………… 91

抉择生与死 …………………………………… 104

再照雄心酬 …………………………………… 115

高原的曙光

1933年深秋。

黄浦江畔，秋风萧瑟，寒气袭人。笼罩在白色恐怖之中的上海，警车凄厉的尖叫时常把人们从睡梦中惊醒。

被上海英租界巡捕房以共产党嫌疑逮捕、判刑两年的贵州毕节青年李远芳，在提篮桥监狱服刑一年半时，因逢英王登基25周年庆典大赦，得以侥幸获释。

李远芳出狱后，多方寻找组织，都没有取得联系。他不知道，这一两年间，上海的地下党、团组织遭到了严重的破坏。这天午夜，他顶着清冷的江风，拖着疲惫沉重的脚步走到外白渡桥，抚栏凝望。任凭江风吹拂散乱的额发，万千思绪犹如拍打江岸的波涛，翻腾起伏……

两年前，也是在这里，他曾和一个同乡好友凭栏而叙，相约"适当的时候，回贵州家乡，在高原山乡建立无产阶级的政权——苏维埃……"

"毛哥！"

倏然，一声情颤的惊呼，打断了李远芳的沉思。

"啊，正元，缪老二，是你吗？"暗夜中，李远芳看清了叫他的正是曾与自己相约的同乡好友缪正元，忘情地脱口喊道。

顿时，两人激动地拥抱在一起，彼此感受到"咚咚咚"的心跳，两双眼睛都泪花朦胧。缪正元也才从监狱里出来，也正为找不到组织而苦恼。

说不完的离别之情，道不尽的甘苦历程。昔日同窗读书，为寻求生计和光明一道离开家乡，四处奔走，而今又在经历了牢狱之灾后得以重逢，怎不叫人激动啊！两人在互诉这两年各自的处境，分析了眼下的情势之后，又谈到了回家乡闹革命的约定。

目标既定，李远芳和缪正元决定，立即起程。他们卖掉了身上所有值钱的东西，想方设法买到了两张上海到四川泸州的船票。

关山重重，关卡重重。那时节，国民党军队正全力"围剿"红色苏区。红色根据地战事频仍，硝烟弥漫；国统区阴云密布、血雨腥风。人民在水深火热中挣扎，革命也在极度艰难中行进。

江轮在长江逆流而行。经南京，过武汉，穿三峡。李远芳和缪正元站在江轮船舷边，窃语而谈，商讨着回到毕节家乡后的打算。

　　蓦然抬头，看见了枇杷山上点点灯光。啊，重庆！四年前在雾都重庆学习、战斗的一幕幕情景仿佛又在眼前……

　　1926年，李远芳和缪正元跟随一伙"脚夫"来到嘉陵江畔的重庆，一边打工谋生，一边加入了一家进步剧团。在这里，他俩第一次从良师益友那里读到了《共产党宣言》，受到了马列主义的熏陶。不久，李远芳在重庆"三三一惨案"中，怀着对帝国主义的愤怒和对反动当局的不满，冲锋上阵，参加示威游行而被捕,小小年纪就经受了战斗的洗礼和牢狱的痛苦。获救出狱后,李远芳考取了重庆美术专科学校,之后又加入了中国共产主义青年团。

一路颠簸,昼夜兼程。抵泸州,渡纳溪,过叙永,翻古蔺,跨赤水……1933年初冬,李远芳、缪正元踏着冰凌,披着雪花,终于回到家乡。到了,前面就是阔别了8年的故土。翻过前面那个山坳,就到家了。

那一刻,李远芳拽着缪正元的手,跳着、叫着:"我回来了,妈妈——我回来了,毕节——"

两人站在东关坡上,鸟瞰云雾笼罩下的古城——

破败的民房飘出缕缕炊烟,城中那座洋教堂和夫子庙响起了晚祷和上香的钟声;胞衣落地的故园仍是那样满目疮痍。啊,家乡几十万各族父老乡亲的生计是什么情况呢?肩头上似乎压上了一副千斤万斤的担子……

尖冷的山风刮在脸上,可李远芳和缪正元久久凝望家园,像雕像一样伫立着,良久、良久……

南门城墙下,一间残破的木板房里,四壁透着寒气。贫民李吉安一家却笑声不断。儿子回来了,做父母的好不欢喜。

李远芳从家人和亲友的交谈中了解到:毕节这个云贵川三省接壤,素有"一步踏三省"之称的黔西北重镇,近年来并非"麻木",特别是九一八事变之后,从省城回到百花山毕节中学任教的秦天真和寒暑假期从贵阳回家度假的邱照（徐健生），他们以毕节中学为立足点，和挚友邱在先、熊蕴竹等人，团结进步师生、青年和爱国人士，暗中从事进步活动，发动人们开展抗日救亡斗争，使越来越多的人开始觉醒了。

李远芳回来后，家里从早到晚人来人往。细心的妈妈和聪明的妹妹暗自观察，来"客"一个个都是礼貌大方、血气方刚的青年。妈妈告诉女儿："那些来找你哥哥的人，都是些为受苦人说话办事的好人。"

从此，这间残破的小屋就成了毕节古城青年经常聚会

的中心。

隆冬，大雪纷飞，银装素裹。

毕节东关坡脚双井寺内"三义殿"，一堆疙蔸火闪着火苗。

李远芳、缪正元、秦天真三个儿时的小伙伴，在火堆旁交谈。忽明忽暗的火光映着他们青春勃发的脸庞……

李远芳用手指拢了拢飘洒额头的长发，侃侃而道："天真这两年在家乡做了大量的事，有了一定的基础，这对我们下一步开展活动，建立党的组织，创建新苏区是一个有利的条件。要进一步打开局面，更广泛地宣传动员群众。应以原有的进步力量为基础，创办一个合法的群众性组织，用文学艺术的形式，宣传、组织人们。同时要尽快地建立起领导群众斗争的核心，以利于进一步发展壮大党的组织……要创建新苏区，就要有自己的武装……"

这些大家早已感觉到但又说不清的新问题，被李远芳明确尖锐地提出来后，三人你一言我一语热烈地讨论起来。

越谈心里越热乎，越谈心里越亮堂。一夜长谈，缪正元和秦天真十分赞同李远芳的倡议：成立"毕节草原艺术研究社"，用革命的号角，进一步激发古城人民的热情。

1933年岁末，严寒未尽，古城毕节出现了前所未有的腾腾热气，白雪皑皑的群山把孕育着狂飙烈火的古城装扮得分外娇艳。

以李远芳、缪正元、秦天真、徐健生（即邱照）、邱在先、王树艺等为主要发起人，正式成立了"毕节草原艺术研究社"。

轿子街二小的教室里，近百名进步青年齐声唱起《草原社歌》：

草原青年，草原青年，努力努力！
光明在前、光明在前，向前进，向前进！

高亢的歌声响彻毕节城。

李远芳还要求："加入'草原社'的人，必须首先学会《国际歌》，并拥护歌词内容。"

在小文峰阁的吊脚楼、在川主庙戏楼、在陕西会馆的大堂……李远芳一次次挥舞着有力的双臂，一句一句教唱"起来，饥寒交迫的奴隶……"古城在那个寒冬第一次响起这个时代的最强音。

没多久，百十名"草原社"的队员，组成了十来支文艺轻骑，上山下乡，宣传演讲。古城沸腾了，犹如响水滩的瀑布，轰然奏鸣。

1934年元旦。

清晨，飞舞的雪花轻轻飘洒。这天的空气似乎格外清新，柔风拂面，叫人心旷神怡。入冬以来就没有见过的太阳，这天也倏然露脸，朝晖穿过洪家山的丛林，映照着五龙桥畔的原野。

毕节城的街巷还在清晨的宁静中。此时，一个身穿长衫的青年站在南门外的桂花桥头，炯炯有神的双眸巡视着四周。没有发现什么异常，青年迅步过桥，沿着稻柳村的田间小道匆匆而行。

这个青年就是"毛哥"——李远芳。

匆匆而行，毛哥眉宇间透着沉稳和喜悦；匆匆而行，

毛哥看见了不远处的丛林仿佛冒出了嫩芽，隐约着点点绿意。略一沉思，毛哥心头一激灵，嘴角露出一缕笑意，他在心头念叨着："对，我要给自己改个名——林青。让我们的事业像这林子一样，今天冒芽了，过不了多久，一定会郁郁葱葱的。待会儿，我就要宣布这个决定。"

与此同时，城关清毕路上也有两个青年快步走来。那是缪正元到猪市街约来了他们的好友，教书先生秦天真。

五龙桥畔那块映着朝晖的雪地上，李远芳、缪正元、秦天真三个热血青年神采奕奕，庄重地汇聚了，三双有力的大手紧紧握在一起。

毛哥率先开口，激动地说："我先讲个事，从今天起，我改名叫'林青'。待会儿，我就以这个名字作为我今天按规定由共青团员转为共产党员和天真入党介绍人的名字。你们俩没啥意见吧？"

缪正元和秦天真对望一眼，会心地说："没意见，没意见。这个名字好，你毛哥是心存高远呐。"

"没啥意见，那我们就开始啦。"林青说着，抻了抻衣袖，三人各退后一步对面而立，心情激动而神情庄重。

林青严肃地对秦天真说："秦天真同志，根据你的要求和表现，我和缪正元同志愿作你的入党介绍人，下面请你举起右拳，对党宣誓。条件有限，没有党旗，我们就面对这刚刚出山的太阳吧！"

说毕，三人转身面对刚升到树梢头的红日，同时举起右拳。

"我领誓，请天真和正元同志一起宣誓！"林青语调缓而清脆地说。

"我志愿加入中国共产党。"林青领誓道。

秦天真、缪正元朗声宣誓道："我志愿加入中国共产党。"

接着，林青一句一顿地说完了入党誓词，秦天真和缪正元紧跟着宣誓道："严守秘密，服从纪律，牺牲个人，阶级斗争，努力革命，永不叛党。"

宣誓完毕，林青和缪正元同时握住秦天真的手，异口同声地说："秦天真同志，欢迎你，从现在开始，我们就是真正的同志了。"

秦天真激动得眼噙泪花，有点儿语塞地说："毛哥，不，林青同志，正元同志，谢谢你们，谢谢你们代表组织，接纳我为一名党员……我一定按照刚才宣誓的去做。"

"好。"林青顿了顿说，"现在我们已经有三名党员了，按党的规定可以成立一个党的支部，这事前几天我和正元议过，天真也是知道的。所以，我提议，由我们三人建立起一个支部，然后推选一个任支部书记，你们二位的意见呢？"

缪正元、秦天真的目光一齐投向林青，这是信赖和推崇的目光。二人一致推选林青担任支部书记。林青没有推辞，他心里想，这是信任，更是使命和担当，自己没必要去推辞，一定要努力工作，不辜负同志们的信赖。

林青捋了捋飘洒的额发，略显稚气的俊郎脸庞泛起些微红晕。那时，太阳正冉冉上升……毕节人都感到惊讶，记忆中的寒冬腊月从来没有过这么好的天气啊。

举行完接受秦天真入党宣誓和中共毕节支部成立的仪式后，三人一道返回南城门下林青的家。今天是元旦新年，又是秦天真入党和党支部成立的好日子。头天晚上，林青就给妈妈说了简单地准备一点酒菜，算是庆贺。

回到家里，围着疙蔸火塘，林青主持毕节党支部的第一次会议，根据当时情势，商讨出几项具体行动纲领：

一、发动武装斗争，发展地方武装力量，创造条件建立毕节地方苏维埃政权；

二、加强党支部对草原艺术研究社的组织领导，推动群众性的抗日救亡活动；

三、加强党的建设，发展党的组织；

四、设法与党的上级机关取得联系。

毕节党支部的建立，犹如杲杲朝阳，使这片沉寂黑暗的高原，在寒冬腊月里看见了曙光，黔山星火由兹蔓延开来。

毕节城东边二三十里远的头步桥有个范家院，这处翠竹匝绕的山村，驻着一支四五百人的武装，官方说他们是"土匪"。为首的是从周西成军阀部队拖回一连人的头步桥人范建章,毕节城乡周围方圆百里的老幼男女都叫他"范营长"或"范大胆"。范大胆带的这队武装专门"牵毛子"打富济贫。他们的口号是:"上等之人差我钱,中等之人莫招嫌(即莫管,不要干预之意),下等之人跟我走,一月给你块半钱。"听到这山歌,老百姓欢喜,地主豪绅憋气。

闻听城里头有几个年轻人掀起波澜,"范营长"心欲去联系,但又想,"井水不犯河水",自己有人有枪,自由自在,谁也不敢把我范大胆如何。说"井水不犯河水",可偏偏城里这三个"书生"模样的年轻人,一次又一次地踏进山寨之门。一来二去,范建章知道了打头那个叫林青,另两个,一个叫缪正元一个叫秦天真。三个"书生"人虽年轻,但说古道今,谈吐不凡,句句话打动人,推心置腹一片诚意,要与范建章交朋友。彪悍的硬汉动了心,豪侠肝胆的范大胆终于答应,听从党支部的指挥,愿把自己和所率的几百人和枪交给革命。

不久,在东岳山古老的庙宇里,林青和秦天真介绍范建章加入了中国共产党。从此,这支队伍在中共党员范建章的带领下,开赴黔滇边区开展游击活动,并宣传反蒋抗日,扩大党的影响。

城镇、农村的革命活动蓬勃开展,党支部又有了自己的武装,面对喜人的形势,林青无比激动,挥笔写下抒发豪情壮志的诗句：

> 真理被"道德"欺骗，两种人类各在天一边；
> 愿将满腔热血，换来幸福人间。

随着工作的开展，斗争越来越激烈。毕节党支部的活动，"草原社"的宣传演出，引起了敌人的注意。

国民党县党部指使特务在毕节中学拉拢学生，培植暗探，发展线人，监视"草原社"成员的活动。特务在"线人""暗探"的指认下，经常潜入进步学生、青年的住所搜查、监视，地下党支部的工作日益艰难。

一天午夜，国民党贵州省第二十五军防共委员会电令驻防毕节的犹禹九部须于三日内逮捕林青及地下党的同志。幸好这份电报被我党打入邮局机要室的值班报务员收到。天一亮下了夜班，他即刻把这一情况告诉了党支部的同志。

不能坐以待毙，为了保存革命力量，党支部及时商量决定，必须立马隐蔽转移。

秘密联络点

1934年仲夏时节，由三名贵州籍的年轻共产党员在贵州境内创建的共产党支部——毕节党支部的书记林青和两名成员缪正元、秦天真，带着几名草原艺术研究社的活跃分子和进步青年，为摆脱毕节反动当局的搜捕迫害，向省城贵阳转移，以图开辟新的战线和局面。

那天一大早，秦天真接到邮局那位值班报务员传递的情报后，迅速赶到南城门，找到林青，叙说了情况。林青当即决定，立马转移。当天正好是附近几个乡村赶乡场的日子，林青附在秦天真耳边说了几句，秦天真便转身疾走而去。

不到一个时辰，只见林青等人佯装成去赶乡场的乡民的样子，说着、笑着、唱着山歌出了毕节东门，向头步桥赶去。在乡场上随便买了些山鸡、野兔之类的山货野味，以作幌子，便又按事先约好的，陆陆续续过了头步桥场坝，一直向东而去。

林青一行数人昼行夜宿，经大方、黔西、鸭池河，前往贵阳。不几日，到达清镇，一行人住宿下来。当晚，支部书记林青与同行的缪正元、秦天真、萧世铣、熊蕴竹在客栈昏暗的油灯下商议下一步该如何办。谈到几个人现时的处境和走向，秦天真低声说："我在贵阳有几个可靠关系，在安顺也有一些高中时的进步同学。其中一个叫龙文的，我和他还有过金兰之交哩。我想，我们可以兵分两路，先分别在贵阳和安顺落脚，安顿下来，再计议以后的事情。"

大家你一言我一语地讨论起来，有赞成兵分两路的，也有认为不论到贵阳还是安顺，都不要分开的。支部书记林青一直在倾听大家的讨论，觉得大家的意见难以统一，便谈了自己的想法："我基本同意天真兵分两路的意见。"他扫视大家一眼，又道："这样，我们可以把贵阳、安顺两地的工作先开展起来，都去摸一摸情况，看看哪里更有利于发展，我们就先从哪里打开局面。"大家就林青的意见又议了一阵，同意兵分两路，先分别到贵阳和安顺落脚，相机开展工作。

接下来又商定了一些具体办法，缪正元和萧世铣在清镇客店暂住几天。林青、秦天真、熊蕴竹到安顺，与安顺方向接上关系，将林、熊二人安排妥当之后，秦天真再回清镇，与缪和萧前去贵阳。

计议已定，第二天一大早，林、秦、熊三人便往安顺去了。

没过几天,秦天真返回了清镇。安顺的事办得很顺利,林青决定暂留安顺,与龙文等人进一步联络,进行一些初步的活动。秦天真谈了安顺方面的情况,即与缪、萧赶赴贵阳。

清镇至贵阳有四五十里路。三人劲步疾走,大半天工夫就赶到了。入得城来,天已麻黑,他们径直到甲秀楼对面的贵阳电厂,去找在厂里当会计的高言志。

这高言志是高家大院"言"字辈的"龙头"。他从小

染上眼疾，由于贵阳医疗条件有限，屡治无效，成了深度近视。家人都叫他"瞎子"。高言志生性开朗，不以为忤，故亲朋也都亲切地叫他"瞎哥"。瞎哥诙谐豪爽，能言善道，交游甚广，常以助人为快乐之本，是高氏后代子孙中很旷达的一位。秦天真在贵阳读书时，便与高言志交往甚笃，所以这番前来，不往别处，径直就去找这位瞎哥。

说到瞎哥和高家大院，就有必要把当时在贵阳声名显赫的高家大院简略介绍一下。这高家大院是高家先祖高廷瑶在清康熙年间乡试得中解元，出任皖省（安徽）通判时，在贵阳大坝子置下大片土地建造的庭院。府成，谓之"解元府第"。这解元府地势颇高，坐北朝南，历经200来年，到了民国年间，广州公之后裔高可亭执掌家政时，解元府以及后花园屋基宅院已达万余平方米。其时，大坝子已起了街名，叫作文笔街。文笔街1至6号皆为高氏家族之房产。

不知何故，从那时起贵阳人习惯把大坝子的这座庭院叫作"高家花园"，而实实在在的"解元府"之称号，却似乎已被平常百姓所遗忘。

其实，这高家花园，仅是庭院的一小部分，它是这"解元府第"的后花园，在高家大屋第四进之后。由第二进可直通花园小巷，此小巷将四进四院的大屋左右分开，小巷设有7扇小门，隐于第二进茶房一侧。不熟知高家地形者，若踏入横院，将所有小门关闭后，便不能出入。故高家大院的后花园之所以能成为中共贵州地下党的联络点和秘密机关，这也是一个客观条件。

坐落在后花园内的怡怡楼是高家的藏书楼，上下两层共8个开间。楼上、楼下清一色排列着竹制书架，搁满了线装大书。在怡怡楼上层凭栏，可窥前院高家大院全景。

怡怡楼右边有一栋木楼叫船屋。所谓船屋，是一栋营造在花园池塘之上的两层楼房。该楼四面走廊，有木栏围住。坐于楼中，四周园景尽收眼底。故在此聚会，若有人接近，便能立即警觉，三面门窗一开，就可迅速散去。

高家花园，亭台水榭，修竹繁花，茂密成荫，松柏梅李遍植园中，各竞芳华。这花园平时严锁，以防家庭中的不肖子弟或仆辈家奴聚赌抑或做出其他有违国法家规之事。同时，它也显示了高家在贵阳的望族地位。故自清末至贵阳解放前夕，曾有"高家的谷子，华家的银子，唐家的顶子"之说，这也从一个方面印证了高家在贵阳田产之多和其封建大家族的声威。

秦天真等三人来到贵阳电厂。恰好，高言志正在厂里，秦天真找到他略述来意后，瞎哥便道："徐健生和孙师武都住在我家后街，我们马上过去。"徐健生与孙师武都是毕节人，在贵阳就读，与瞎哥也是开诚相交的朋友。

从甲秀楼到大坝子不过几分钟的路程。天黑下来时，他们就在高家后面的忠烈街8号一姓吴的裁缝店的楼上与徐、孙二人会面了。三人叙起秦天真离开贵阳以后各自的情况和贵阳的社会政治现状，秦天真得知在抗日救亡运动中建立起的一批进步关系，虽没在社会上搞什么大规模的抗日宣传，但仍然在学校、学生中进行了一些分散的活动。他感觉在贵阳开展活动，发展组织，是有一定基础的。徐健生和孙师武假期回毕节时已知道了秦天真的党员身份。秦天真估计高言志可能也已从他二人那里知晓了。对这位瞎哥的秉性，他十分了解，高言志虽是位富家子弟，但对外乡来的这一帮穷同学朋友却是肝胆相照。他便把从毕节转移出来的原因与经过，大体向他们讲了讲，并提出找一个安全的地方作为秘密联络点的想法。

大家想了好一阵，一时想不出比较安全可靠的地方做联络点。学校显然不宜，而有几个进步群众的家里也略显窄小，况且当街不太隐蔽。此时，高言志却在心里盘算起来，他想起了自己家宽房大院，合家上下几代虽然几十口人同住，却是各在各的小院隔房中，相安无事。各自的熟人朋友来了，各自接待，一般互不干涉，这是一个很有利的条件。如若把自己的家设为联络点，朋友们来了，可以与家中老幼打打"麻画眉"（打掩护），只要多加小心，倒是一个很安全的地方。

高家在贵阳，一般还没有谁敢来啰唆。只是自己这样一个封建大家庭，天真他们有没有顾虑？瞎哥顾及此，不便先提出来。这会儿见大家还没想到好地方，他就坦诚地说出了自己的想法："这里隔条巷子就是我家，相交这么些年，大家都没进去过，实在是我的不对了。我家院里大大小小百把间房子，还有一个后花园，平时很少开启，我去给老的磨一磨，可能有希望的。园内的阁楼也闲置久了，我想联络点能否设在那里？抽个时间我来约大家进去看看。"

听瞎哥这么一说，大家的眼前顿时一亮。徐健生说何不现在就去看看？秦天真沉吟一下道："还是过几天，等瞎哥看看情况，略作疏通后再说。"

过了两天，高言志来约他们，秦天真、徐健生、孙师武便随高言志进了高家大院。

进得院来，大家不露声色，观察着这大院的格调布局，默默地记在心里。

这确实是贵阳很少见的高墙大院，名副其实的大户人家。全院除花园外，分四进排列，各进均由正房和厢房构成独立小院，中堂前后两门贯穿，两侧另有专门的廊道从前院直通后院，宽宏阔大，错落有致。后花园亭榭水池相互照应，林木繁茂，但杂草丛生，曲径通向一栋叫作"怡怡楼"的阁楼，是花园内的藏书楼，楼内竹制书架上堆满了线装书，积了铜钱厚的灰尘。离怡怡楼不过丈把之遥就是花园的后墙，墙上开了一道小门，闩门的铁闩也已锈迹斑驳。看来,这座花园和阁楼早已少有人至。

在园内和阁楼上巡视了一圈,几人便随高言志来到水榭回廊的"美人靠"坐下商议起来。

瞎哥高言志强调说:"同宗各家合宅分院而住,各家经常都有人来客往,从不互相打听,所以小辈的同学呀朋友呀,更没有谁会去注意。"

秦天真与徐健生耳语了几句,开口道:"这个地方倒是比较理想的。从内外环境来看,在此设立秘密联络点,方便隐蔽和回旋,从后门出去几步就可穿过小巷至健生和

师武租住的裁缝家；出了后门，顺忠烈街往东头走，顶多三五分钟便可窜到城外。"

徐健生补充说："按瞎哥说的，从他们家人际关系看，可以钻一钻他家人口多又互不过问这个空子。况且，这样的大户人家，官府军警是不大愿来找啥岔子的。"

孙师武也同意他二人的说法。

见大家想法一致，瞎哥脸上透出高兴的神色，颇有些动情地说："眼下主要是安顿天真的住处。我想，天真可以我同窗好友的身份寄宿在此，我还可以以高家大少爷的名分作点遮掩保护。这栋阁楼就算是秘密联络点，看大家意下如何？"

瞎哥表了态，这番心意和真情，大家心里都很感动，在这样一个非常的时候，哪还有更合适、更安全的地方呢？

秦天真稳了稳神，神情庄重地说："难得言志这份情，我看这里不错，可作长期的碰头点。定不定，等林青来了之后再说。请言志抓紧做好设点的准备，健生和师武协助协助。"言毕，几人便又随高言志退出花园，穿堂而过，大大方方地出了高家大院。

初步落实了联络点，秦天真即赶往安顺，向林青汇报了贵阳的情况和准备在高家设立秘密联络点的事。林青颇为高兴，这几天在安顺摸了摸情况，觉得在安顺建立组织有一定的基础。听了贵阳的情况，他感到在贵阳站住脚也是有把握的。他安排了安顺的工作，便同秦天真返回了贵阳。

回到贵阳，秦天真找到高言志，叫上徐健生和孙师武，陪同林青又到高家后花园察看了一番。林青也认为这是一个既安全又隐蔽的比较理想的点，他动情地握住高言志的手，充满信任地说："言志，谢谢你，谢谢你对我们的支持，我们都不会忘记你的，党也不会忘记你的。"高言志这个平时机敏善说的人，这会儿倒显得有些局促，只讷讷

地回答道:"这没什么,这没什么,只要大家觉得可以,我的心头就落实了。嘿嘿……"林青又转对秦天真等说:"就是这里了。这个点只有我们五个人晓得。非紧急情况,不要让更多的人知道。"

就在1934年仲夏的这个晚上,高家大院的后花园——高家花园被确定为贵州地下党的一个秘密联络点。毕节党支部的三名成员——林青、秦天真、缪正元也分别在这里和紧邻的忠烈街8号吴裁缝家隐蔽起来,筹划开展贵阳以至全省建党的工作和其他革命活动。

山城播火种

端午过后的贵阳山城,气候已十分炎热。

高家花园里,树梢头上的知了热得一个劲儿地"吱儿吱儿"叫着。

晌午时分,暑气蒸腾,大街小巷少有行人。这当儿,三个身穿灰色短衫,脚蹬圆口布鞋,教书先生模样的人,一路扯着闲话来到了高公馆的大门口,刚走上石阶,戴着深度近视眼镜的高言志就迎了上来。

"呵,三位好稀罕,屈驾光临寒舍,快请,快请!"高言志身着西裤衬衫,一派绅士风度,脸上透出欣喜。看门的仆人见大少爷如此礼待来客,也面带笑意,让到一边,用手势引领来客。

打头的那位客人,脸颊丰满,天庭开阔,双目炯炯有神,见主人迎出门来,赶紧趋前一步,握住主人家的手道:"哪里哪里,时常来打搅府上,惊动大少爷了。"听出来客腔调是地道的黔大毕口音,仆人以为是主人家外乡的亲朋,凑过来悄声问高言志:"大少爷,这几位客人今晚住……"仆人的意思是,既是远方来客,就要住下,问明了住哪个院,他好去张罗。

"啊,这几位是我过去的同窗好友,近日转来贵阳的学堂当先生,他们不住的。我招呼他们得了,你忙你的去吧。"高言志把仆人打发走,引着客人穿过第一进院之后,拐进侧门通道,来到了后花园。

这三位来客不是别人,与高言志搭话握手的正是林青,另两位一个是秦天真,一个是缪正元。进入花园,树梢头的蝉儿亦未受惊扰,依然"吱儿吱儿"地唱着。阳光下,花容璀璨,树影婆娑。高言志不疾不徐地在前引领,一行四人显得十分悠闲,绕花径、穿林荫,迈上水榭时,脚上好像加了劲,转眼便登上了怡怡楼。

进得屋来,只见灰尘厚积,蛛网横挂,好久没有打扫了。高言志欲清扫一番,秦天真忙拦住道:"不用了,瞎哥。这样倒好,隐蔽工作嘛,有些灰尘蛛网还可打个诳诳。我晚上若睡在这里的话,把书架后面稍微打扫一下就行了。"

高言志心觉歉意,轻言道:"那……那就委屈你了。你们说吧,我到下边去看看。"

高言志不是党员,但他知道林、秦、缪今天到此,是要商议党内的事,便告辞下了楼。

高言志下楼之后,秦天真拉过几条凳子,拂了拂灰尘,坐定下来。林青感叹道："天真，你称为'瞎哥'的这位，真是个实心热肠的人。你说，连这样的豪门哥儿都要帮助我们，这天下……"

"这就叫只要主义真，自然有人追嘛。"秦天真诙谐地笑道。

"这几天我对这位瞎哥的感觉很好，听健生讲，这是个很实在，靠得住的人。"缪正元神情庄重地加入了这个话题，"在我们党内倒也不乏投身革命的官宦士绅、豪门富家子弟，但在贵州这样的地方，却是非常难得的。我想机会成熟的时候，瞎哥是可以进来的。"

"这个工作由天真去做一做，适当的时候完全可以发展。这对我们在贵阳的发展有很多益处。"林青点点头道。稍顿，他眼神炯炯地看了看天真和正元又道："我们抓紧把眼下的局势和下一步咋个整扯一扯吧。"三人会心相视一眼，沉思片刻，便各自谈了谈自己所了解的情况和看法。

从国内形势看，其时，蒋介石正调遣他的嫡系部队和地方军阀部队的兵力，全力"围剿"江西中央苏区。贵州这块土地，山重水复，偏僻落后，地方军阀自成一派，虽对老蒋的那一套噤若寒蝉，但因天高地远，有时也对蒋的指令软磨硬拖。这样的形势和气候，倒给共产党的地下活动留下了些许缝隙。然而，也许是因为贵州的偏远，革命的风暴也略迟缓于他省。

毕节党支部建立以前，邻近四川的赤水河畔建有赤合支部（属四川），黔桂交界的望谟山区成立过卡法支部（由部队建立），但由于种种原因，这两个支部的活动和影响都未能延伸至贵阳。倘若毕节支部在黔大毕地区的活动未遭当局镇压，那么也许贵阳地区党的活动还会更滞后一些。正所谓东边不亮西边亮，黑了北方有南方。火种，已悄然播撒到山城贵阳。

鉴于眼下全国和省内的形势，三人一致认为，创建贵阳地下党的工作，必须抓紧去办好几件事：

一是要设法尽快找到上级党组织，汇报工作，接受上级的指示和任务。

二是为建立贵州地下党组织奠定基础，抓紧发展一批在抗日救亡运动中涌现出来的、经过考验并有入党要求的进步青年入党；在有条件的学校中建立党小组或党支部，壮大基层党组织；同时，要开展革命理论和斗争策略的学习。

三是利用一切可能的条件开展军事工作，一方面争取建立自己的武装力量，另一方面通过可靠关系派人打入国民党军队或地方部队，了解军情，分化瓦解并争取敌军官兵，一旦时机成熟就拉出来重组为党的武装队伍。

四是全力保护好高家这个秘密联络点。

议定这些亟待要办的事情后，林青提出了三个人的分

工与配合的问题。

他沉缓而清晰地说:"我主要考虑和进行第一项工作,很可能要到外地或出省。红军眼下战事正紧,两军对垒之际,要找到上级党组织和红军,确实是困难的,但必须去找。年初以来,我们一直在做这方面的考虑,可一直没有成行。现在定了点,这事非落实不可了。"他顿了顿,又道:"天真对贵阳进步青年、学生的情况了解多一些,人缘也熟,组织发展的事就交给你了。这可是个打基础的艰苦工作啊,有什么拿不稳的情况,我们再一起商量。正元主要想法抓一抓军事方面的工作，打进军队去，把人拉出来。这也是一个棘手的事。至于这个联络点，就我们几个人晓得，目前就仅限于这个范围。天真可把这儿当个'窝'，人少目标小，麻烦也少。我们也尽量少到这里来。我多半时间住在大公巷吴大勋那里，有时也出城去走走。请高言志想办法，争取早点把花园的后门打开，有什么事进出方便点。我们之间的联络以后主要由健生承担。看你二位意见如何？"

林青把工作乃至一些细节都考虑进去了，秦天真和缪正元都表示同意。

这是毕节党支部三个成员转移到贵阳后，在高家花园正式召开的第一次支部会议。开完这个支部会，太阳也落山了。后街前院行人的脚步声似乎比先前多了些。为避免引起人注意，秦天真决定当晚就住在这栋阁楼上。林青和缪正元则待天黑后，分散离开了高家。

之后三人便按分工开始工作。

林青负责寻找党中央和红军的任务进行得很不顺利。他几次欲从湘桂黔边界出境，都被挡了回来。湘赣那边红军与白军正打得难分难解，一切寻找红军的途径都被国民党或地方军阀武装严加控制起来。硬碰显然是不行的，即便置生死于不顾，也于事无补，只好静待时机了。

秦天真在这段时间内，把那些在贵阳抗日救亡活动中涌现出来的进步青年的情况，逐个摸了个遍。这批青年中有十多人一直向往加入共产党。他分别找到他们，恳切交谈，掌握了许多情况。

十多天后，林青又从黔东返回了贵阳，秦天真叫徐健生约林青到高家花园议事。

这天天刚麻麻黑，秦天真从阁楼上下来，轻手轻脚地走到花园后门，悄无声息地把门打开，退到树荫下。他们能从后门进出，全凭高言志给族中长辈做了工作，说同窗好友在此寄宿，从后门进出方便些。高家长辈也很通达，默许了他。家长应允，高言志自然高兴，为防门闩声响，他还找来菜油，除去了铁闩上的锈，在门斗里也灌了不少的油。收拾妥当，瞎哥乐滋滋地把这些向秦天真作了汇报。有几回，秦天真便是从这后门穿过巷子，找到徐健生交代事情。当然，这后门进出的细节，他也向秦天真交了底。不然，他就不会拉开了门闩便各自隐蔽到树荫下去。

不一会儿后门被从外推开了，一个人影侧身进了园，顺手把园门关了。秦天真从朦胧黑暗中看出来人正是林青，这才从树荫里出来迎了上去。二人拉了拉手，便一前一后朝阁楼走去。

上得楼来，秦天真点亮美孚灯，转过身来，看见林青面有倦意，人也瘦了许多，遂感叹道："你这一路东奔西走，居无定所，真辛苦了。我想有些事情是急不得的，暂缓缓再说吧。"

"我是一定要找到的,没有组织,做起事来心中一点底也没有。眼下时局很紧,只好暂缓一些日子,多方打探一下消息,把握大一些。"尚未落座,林青就急切地问道:"你这边怎么样了?"

"找你来,就是想谈这几个人的情况。"秦天真说着拉过两条板凳与林青相对坐下。

"我这段时间摸了下情况,分别找几个人谈了谈。"天真逐一把徐健生、李中量、李策、孟昭仁、蓝运臧、吴绍勋、夏之纲、王平等十来个人的性格爱好、思想追求等,向林青作了详细的汇报。

"不错。"林青脸上露出欣喜之色说,"比我们预想的还要好。我们把这些情况与正元碰个头。人可靠、条件成熟的可以发展,既要快一些充实我们的组织,也要快中求稳。前前后后地发展他几批,局面是能打得开的。"

谈完事情,已近子夜。林青站起身,说想过忠烈街缪正元那边去,和他扯一扯,晚上就住正元那里。

秦天真告诉他,缪正元这边一向和军队上的两个朋友扯得还可以,说去了就知道了,遂将林青送出花园后门。

林青来到忠烈街8号吴裁缝家门口,见里面还有灯光,便敲了敲门。俄尔,吴裁缝来开了门,道:"哦,是林先生。缪先生在,他们刚上楼,怕还没睡嘞。"

林青向他道声谢,进门便上了楼。

楼上，缪正元和徐健生刚躺下，见林青深夜到来，忙不迭起来要穿衣服。林青道："别起来了，干脆我也睡下来，慢慢说。健生也别下去了，这些事你听一听也好。"

待林青上了床，缪正元便把他开展工作的情况向林青说了起来。

这一久，缪正元通过一位进步女教师严金秋认识了贵阳的知名人士谷友庄、尹素坚夫妇。又经谷友庄夫妇介绍，认识了为躲避四川军阀杨森通缉而逃到贵州，混入黔军第二师的地下党员邓止戈和在第二师任职的云南文山人黄大陆。黄大陆是黔军驻防安顺这个师的少将参谋长，身在军阀部队，却倾向革命。缪正元与他俩见过几次面，并商议过在贵阳搞革命的问题。黄大陆颇有见地，认为在贵州搞革命必须有武装，而且这个武装必须由共产党来领导。

缪正元绘声绘色地说着，林青亦感到很兴奋。到贵阳不久，各方面的工作虽有不少困难，却都进行得有声有色。贵州革命的风云已开始酝酿起来了。他要缪正元尽快与邓止戈联系，他想见见这位外省来的同志哥，同时再了解了解黄大陆的情况。

第二天中午，缪正元约来了邓止戈，秦天真也从高家花园过来了。林青和秦天真与邓止戈虽未见过面，但通过缪正元的介绍，就如故友重逢，没啥拘束，说话间，话题便扯到了黄大陆身上。

"这是个很不错的人，很有些思想和正义感，我愿意做他的入党介绍人。"邓止戈话语中透出对黄大陆的信任与赞赏。最后约定，下午一起去东山观音洞看一看黄大陆，他近来在那里养病。大家又谈了阵组织发展的问题，都认为有一部分进步青年和学生已具备了入党的条件，可在近段时期发展几批党员，建立起一些支部或小组。

下午，林青、秦天真、缪正元、邓止戈四人装作去游山的样子，来到观音洞。一见到黄大陆，林青和秦天真顿感亲切。这黄大陆宽眉大脸，给人一种谦和朴实之感，又有一种良好的军人气度。谈到建立革命的武装，黄大陆一腔热忱溢于言表，言谈中露出在适当时候安插一些同志打入黔军部队的想法，大家都觉这思路很好。

天天在外活动，光阴似乎也就过得很快。转瞬，进入了8月。

月初，党支部决定吸收徐健生入党。这是在贵阳发展的第一个党员。不久，邓止戈也正式介绍黄大陆加入了党组织。接下来，又陆续吸纳了李中量、李策、孟昭仁、支轴、蓝运臧、吴少勋、夏之纲、王平、邱应根、李长青等十多人入党。同时，还吸纳了在安顺、黔东南一带开展革命活动和组织农村武装力量的王芸生、李光庭、喻雷、丁沛生、宁仿陶等加入党组织。

过了8月，贵州省立第一中学、贵阳师范学校都先后

建立了党支部。徐健生、夏之纲、李中量分别担任这三个支部的书记。达德学校、贵阳女子师范学校也分别建立了党小组。各个支部和小组积极开展活动，分别在各校组织秘密读书会、文学艺术研究社、社会科学研究社等，进一步联络进步青年和发动群众。此外，林青他们还决定，准备过年之后，发展安顺的谢速航等人入党，同时建立起安顺党支部。

通过一段时间的紧张工作，到年底，已发展党员 40 余人，群众工作也更加深入且有了较好的基础。军事方面也有了一些进展，在地方军阀部队中，安插了一些党员和进步青年秘密开展兵运活动。

林、秦、缪、邓等人冒着危险东奔西走，把各方面工作逐步理出了头绪。贵阳和安顺之间的联络也得以加强，两个地方的地下党的同志亦有了来往，使工作不断得以拓展，活动区域也愈渐扩大。

革命火种在黔中大地悄然生根、发芽。

黔中有砥柱

到了九十月间，传来了江西中央苏区失陷、红军被迫转移的消息。然而这些消息也仅是从当局发行的报纸上知道的。究竟党中央和红军眼下情况如何？将转移向何方？林青他们无法知道。

这个时候，林青他们的聚会更加频繁了。他在邀约秦天真、缪正元时，有时还把邓止戈、高言志、李逸生、萧世铣、王石安、赵促成找来，一起摆谈情况、分析时局、商讨工作。

经常参加聚会的这九个人中，有党员，也有非党员的进步人士。在这个非常时期，大家都猜测着、担忧着党中央和红军的处境，但由于信息闭塞，一直得不到确切的消息。下一步应如何走，很难理出一个头绪。话题扯到眼前，大家都觉得贵阳、安顺地区党的工作和革命活动是有起色的，无论如何，要进一步发展和巩固。

今后的工作，林青认为应形成一个核心，以便在更大范围更深入地讨论问题，拓展局面。秦天真、邓止戈他们亦有此意。但组织什么样的核心呢？这倒颇费思量。商量了一两次也没定下来。

这时，黔军二十五军一师师长何知重三赴仙人洞，力邀黄大陆出任该师参谋长，为其主持军务。黄大陆把这个情况告诉了林青，同时带来一个消息：红军第六军团作为西征先遣队，其前锋已指向贵州，何知重被蒋介石委任为贵州全省"剿匪"副总指挥。

看来蒋介石已部署各省对红军进行围追堵截。因而，做好地方工作，以配合和接应红军的军事行动，成了迫在眉睫的大事。思考再三，林青、秦天真、邓止戈商议，决定成立一个临时性的组织机构——贵州省革命工作委员会，亦称"九人工委"，由他们三位加上经常在一起聚会的那六人拢共九个人组成。主要任务是：寻找党的上级组织，发展革命力量，指导全省的革命活动；委员会成员分别在国民党内部和各地方利用合法身份开展活动，宣传共产党的政治主张；培养进步青年，动员和组织革命力量。

按林青的意见，具体作了分工：林青与高言志到三合县（今三都县）开展少数民族武装工作，并伺机寻找红军与上级党组织；缪正元到安顺；秦天真留在贵阳，同各地进行秘密联络；邓止戈仍留在黔军搞兵运；黄大陆因在黔军中任要职，为更好地隐蔽下来，没有加入工作委员会，由林青与他单线联系，其他人也都一一作了分工。这个"革

命工作委员会"不是党的一级组织，也不是党内会议，只是在党的领导下由林青主持协调各方面工作的一种形式。

恰巧，黔军第一师要招几个搞报务的人。"九人工委"通过黄大陆，把邓止戈、缪正元、萧世铣等人安插进了第一师。缪正元懂一点电讯报务，师电台的毕节人糜某是缪正元父亲的徒弟，利用这一关系，缪正元又打入了师电台这一要害部门。

林青和高言志正欲动身去三合县，秦天真找到他，说：

"严金秋姐弟俩对我说有个朗岱人叫刘茂隆，从上海回来，筹办了个'星光书店'，组织了个'文学书社'，现已来到贵阳，听说刘在上海有党的关系。"

林青听后，道："我暂时不与他见面。我走后，你与他接触一下。他组织的'文研社'和贵阳已有的几个社团可以并行分别活动，但成员不要交叉。"

交代好此事，林青便与高言志启程到三合去了。

秦天真通过严金城的安排，与刘茂隆见了面。这刘茂隆是个文化人，长期在上海做事，回乡已有数月了，却还留有一些在大都市生活的习惯。与秦天真一见面，刘茂隆就如故友重逢般，很热情地把自己为何离沪回乡以及在贵阳青年中组织开展活动的情况滔滔不绝地讲了个痛快。从他的言谈中，秦天真觉得，这是一个工作经验比较丰富的同志，不论党的工作还是群众工作，他都能谈出些道道。眼下正是用人之际，待林青回来后，再找机会接触接触，看来能发挥好他的作用。

与刘茂隆分手时，已是掌灯时分。秦天真一个人在大街上走着，他想散散步，舒展舒展，想些事情。几个月来，各方面进展颇顺，发展了几十名党员，建立了一些支部和党小组，为贵州党组织的建立开了个好头；军运工作、群众发动工作也有较好的效果，尤其是成立了"九人工委"，各方面的人拧成了一股绳，这对在全省开展革命活动起了

黔山星火——中共贵州省工委的建立及活动

很好的统一领导的作用。如今时事虽然艰难，但在这严冬寒潮之中，不正孕育着春的生机吗？

走着想着，不觉便到了大坝子，抬眼望去，高家大院的屋檐下闪烁着灯火，而高家后花园却沉在一派静寂之中。恍惚间，秦天真感到这景象似乎预示着什么。但预示着什么呢？他没有再去细想，略一踯躅，转身走入了通往忠烈街的那条小巷。

入冬后，林青与高言志到了三合。

三合县是贵州境内一个与湘、桂接壤的小县。这里山清水秀,民风淳朴,当地多是水族和侗族。高言志的父亲就在此当县长。林青选择这个地方开展民族武装斗争并伺机由此出境寻找上级,也就容易一些。

有了高县长的关照,他二人谋得了在县政府财务任会计和出纳的职务。

白天,他俩堂而皇之地坐在机关里敲算盘、数票子,一副安分尽责的模样。尽管高言志的父亲叮嘱过,湖南那边一向管制很严,这边也加强了管制,少出去跑点,但一到晚上,他俩还是走村串寨,四处活动。此间,听闻红军在湖南省境内打了几场大仗,但红军将往何方却不得而知。林青几次试图出省,都因出入广西、湖南的关卡把守甚紧,未能成功。

转眼到了年底,民族武装倒是做了一些发动工作,但寻找上级党组织之事却还没有着落。这天,高言志告诉林青,说听他父亲讲,红军已经从湖南通道进了贵州,有往黔北一带活动的迹象,省里下令要各县加强防范,阻遏红军。

闻听此言,林青心头十分振奋:"若果真是这样,我得立马到遵义那边一趟。"见高言志担心的样子,他忙安慰说:"我有个姨妈在遵义,我可以找找她,了解一下遵义那边的情况,十来天就回来。"

高言志建议再等两天,等他从父亲那里再打听点确切的消息再说。

第二天傍晚，高言志还没打听到什么新情况，秦天真却从贵阳托人带来消息说："三兄弟放寒假，要跟人家到遵义那边去玩。"这是暗号，意思是缪正元所在的第一师将开往遵义防堵红军。得知此消息，林青再也待不住了，一夜不眠。第二天，天刚蒙蒙亮，他便离开了三合，向北寻找红军。他取道平越、瓮安，过乌江，不几日到了遵义。他在遵义丁字口一刘姓开的京果店找到了姨妈，对姨妈只说想在遵义找点事情做。姨妈安排他先住了下来。

这段时间，遵义城加岗加哨，如临大敌，城中显得非常混乱。林青猜想，从敌人的防务和遵义乱糟糟的样子来看，也许红军就要来了。

果然，过了没有几天的1935年1月7日，中央红军就全面占领了遵义。林青急切地整天整天在外边跑，四处寻访。1月12日，在庆祝红军胜利的万人大会上，林青无意间遇见了两年前在上海西牢的同狱难友吴亮平。吴亮平其时已是红三军团政治部宣传部部长。天涯邂逅，难友相逢，倍感亲切，无话不谈。吴亮平看着眼前这位已经成熟的年轻人，内心充满无限的喜悦、疼爱和感叹：革命造就了多少中华英才啊！中国不会亡！这个年轻人的历程不就是有力的证明么？他想起了这个小难友刚入西牢时，郁郁寡欢，一声三叹。他细心观察、深窥这个面带愁容的青年的心思

和苦恼……小难友有抱负有理想,要回家乡去创建党组织,发动山民闹革命。然而,宏图未展却被投入牢狱……吴亮平心下决定,要帮帮这个小难友。

　　真是人生何处不相逢啊!林青真没想到会在自己的家乡,遇到这位革命的长者。他眼噙泪花地敬视着吴亮平,脑海中掠过了当年在西牢时的一幕幕——就是这张坚毅的脸庞,使自己摒弃了哀叹。他那脑海里装了多少自己不曾知道的向往啊！一次又一次，他在受刑后，还噏着双唇艰难地向自己叙说人类的昨天、今天和明天，叙说马列主义的真理以及将来革命成功后如何建设劳苦大众的国家。从其他难友那里得知，他是一位经济学家，是他的叙说启迪了自己的心扉，那些神奇的话语使自己把苦恼变成了力量……按他指引的线索，自己学了不少马列主义的经典……一年半的牢狱生活，使自己更充实、更坚定。在他的教导下，自己找到了智慧的源泉，掌握了战斗的武器……

双方动情地摆谈了这一两年各自的状况之后，林青就头头是道地把贵州地下党的情况和活动向吴亮平报告了一番。第二天上午，吴亮平通知林青，说红军总政治部地方工作部部长罗迈（李维汉）要见他。

林青随吴亮平来到遵义城北的一个普通农户家，进了厢房，吴亮平叫林青先坐下，便出去了。就要见到党的上级领导了，林青的心不由得有些紧张。第一次见这么大的首长，要向他汇报这一年的艰辛和发展，寻找上级党组织的曲折，见到红军后的激动，该如何说呢？

正理着头绪，吴亮平与一位30岁开外，面容清瘦却显得刚毅，身披破旧灰大衣的红军干部进了厢房。林青赶紧站起来，吴亮平向双方作了介绍。林青才知晓这就是罗迈部长。乍见首长，林青显得有点局促。罗迈温和地招呼说："你们也真不容易，坐下慢慢谈谈吧。"

林青极力抑制住激动的心情,向两位首长汇报起来。他从在上海被捕入狱,与吴亮平关押在一个牢房说起——说到了他和同乡缪正元一起回到贵州,在毕节发展脱离军阀部队的营长范建章入党;组织进步团体草原艺术研究社,建立毕节党支部,开展革命活动;说到党支部从毕节转移到贵阳、安顺,发展党员,在贵阳的一些学校和全省十来个县建立党支部和党小组;说到了贵州地下党的基本骨干邓止戈、黄大陆和刘茂隆等以及"九人工委"开展工作的

情况……两位首长一直静静地听着,就着膝盖,不时地在小本子上记着,偶尔提出一两个问题。末了,罗迈部长对林青的汇报表示赞许,并邀约林青一道吃了午饭。

两天之后,罗迈再次约见林青。还是在那个农户的厢房里,罗迈郑重地宣布:党中央确认和肯定了贵州的地下党所开展的工作;批准建立中共贵州省工作委员会;林青、邓止戈、秦天真三人为省工委委员;林青任省工委书记兼遵义县委书记。宣布了党中央的决定,罗迈大致向林青讲了中央红军从江西中央苏区撤离准备北上抗日的意图,并交代了省工委要完成的一项特别任务,约定了接头的暗号及有关事项。

中共贵州省工作委员会的建立,标志着中国共产党在贵州第一次建立了地方党组织的领导机构。这也是中国革命处于低谷时期,党中央在长征途中,批准成立的唯一一个省级地方党组织,这也标志着贵州的革命活动有了中流砥柱。

红军在遵义期间,林青以兼任遵义县委书记的职责,来回穿梭于遵义城内城外,联络当地的党员、群众和进步人士,把大家团拢在一起,主动为红军办事,激励黔北的山民踊跃参加红军。

省工委建立没多久,红军就离开了遵义。红军离开遵义的第二天,黄大陆所在的部队就乘虚开进了遵义。缪正元也随军到了遵义，他按接头地点，通过林青的姨妈在遵义的一家照相馆找到了林青。得知党中央批准建立省工委的经过，缪正元很是兴奋，说要立马告诉黄大陆。林青叫他尽快把黄大陆约来，一块商量配合红军行动的事情。

当晚，缪正元与黄大陆又来到了那家照相馆。

招呼二人落座后，林青说："我们现在在黔军中的力量不够，不可能拉出队伍投奔红军。大陆要充分利用王家烈、何知重怕被蒋介石的中央军吃掉的心理，以保存实力为理由，说服何知重，不要与在黔北境内活动的红军直接交火，暗中支援红军。"

黄大陆分析了黔军的状况与何知重的心理，觉得有把握做到这一步。

碰头会后，林青即赶赴贵阳。黄、缪二人回队筹谋制敌方略。

1935年1月底，林青从遵义风尘仆仆地回到贵阳。

深冬的贵阳，阴雨绵绵，天一黑街上便难见人影。知道林青从遵义回来，这天，秦天真特意买了半包花生米，一包卤牛肉，还打了一瓶苞谷酒，专候林青的到来。

天黑下来个把时辰之后，秦天真悄无声息地从阁楼上下来，走到花园后门旁的树下，静听着外边的动静。没多久，后门轻轻一响，门开了，一个熟悉的身影楚进门。秦天真迎上去，来人正是林青，两双手握在一起，都显得有些激动。

林青返身把门闩上,说:"走,上楼再说。"言毕,两人脚步轻快,三两下便上了阁楼。

"嗬,还这样款待我。"看见酒菜,林青风趣地说。

"这算什么款待哟,毛风细雨的,喝两口热和一下。看你的样子,我想肯定带来了好消息。"秦天真说着。顺便闩了阁楼的门。

林青坐下,打开酒瓶,倒了两杯酒,说:"是该庆祝一下,我们这年把的巴心苦盼终于有了结果。天真,来,为找到上级领导,为省工委的建立,干杯。"见林青如此高兴,秦天真畅快地一口喝干了杯中的酒,道:"知道你回来肯定有好消息,快说说。"

林青问了问邓止戈的情况,秦天真说:"他们的部队开到威宁一带,一时难以通知他。"

"那就以后再给他传达。"林青说着,脸色转而显得严肃,但又掩饰不住喜悦地向秦天真传达了党中央批准成立贵州省工委的决定。之后,说自己还兼着遵义县委书记,很快要赶回遵义,把遵义县委的工作开展起来。他要秦天真坚持在贵阳,以便掌握各条线的情况。接着又说,省工委面临的任务重,人手少,刘茂隆有党的工作经验,有一定能力,而且一向与大家合作也不错,可以让他先参加省工委的有关工作之后再向中央报告。

秦天真听后异常兴奋,说:"有了上级的指示,建立了领导机构，干起来心里就踏实了。我对刘茂隆参加省工委工作没有什么意见。我提议把高家后花园作为省工委的秘密机关。"

林青略一顿，说："就眼下的条件，也只能这样。但叫省工委机关呢，还不太妥，将就条件，隐蔽一些，就作为一个主要的活动点，内部几个人知道就行了。"

谈完工作，天色已经不早了。临走时，林青嘱咐秦天真明天一早就与刘茂隆联系，并通知几个骨干分子，明晚到高家花园来一趟，把中央的决定和有关工作指示传达给大家。

第二天晚上，高家花园怡怡楼，烛光通明彻夜。

林青向到会的同志们传达了罗迈部长代表党中央批准成立中共贵州省工作委员会的决定和省工委的组织成员；转达了党中央对贵州地下党工作的赞扬和鼓励；党中央对贵州地下党工作的重要指示——配合红军转战贵州；地下党的同志要担起"白色恐怖"下艰巨的斗争任务。之后，林青声情并茂地给大家讲述了遵义各族人民热烈欢迎红军的盛况和红军不断取得的胜利。闻听林青的讲述，大家心头热烘烘的。待林青讲完，几个人还兴奋地问这问那，相互探讨和摆谈。不觉间，天已放亮，大家了无倦意。迎着射进窗的曙光，林青又根据中央的指示精神，结合贵州的形势，对下一步全省的工作谈了自己的打算和分工……

从此，贵州这块贫瘠高原上的革命斗争，进入了一个新的时期。

安排好贵阳这边的事情，林青就要返回遵义去。临行前，他又来到高家花园，单独向秦天真交代，尽快在党内传达中央决定，尽快想法把这些情况告诉邓止戈，并决定了由徐健生担任省工委交通联络员，负责省工委成员与各地党组织的联络。

智取密电码

1935年正月,过完大年,贵阳的天气还是阴冷阴冷的。天空一派灰暗,世人都还裹着冬衣。黔北那边红军与白军战事频仍,故而省城的街市也显得很萧条。

这天午后,省立高中的学生、中共省立高中支部书记夏之纲与同学在甲秀楼碰了个面,刚返回大南门旁大井坎的家里,就听见有人在外敲门。夏之纲略一踌躇,便起身去开了门。只见一个身穿棉长衫,头戴深灰色礼帽,中等身材,眉目清秀的30多岁的男子站在家门口。双方对视俄尔,来人先自欠欠身,操一口外乡口音道:"主家万福,打搅了。敢问秦先生在吗?"

听来人这样说,夏之纲忙把来人延请进屋,让其坐到火塘边,问道:"先生可是从乌江那边来的?"

来人应道:"正是,先生可是……"未待来人说完,夏之刚忙说:"不不,我不是秦先生,秦先生不住这里。这样,请先生在我这里烤烤火,我马上去把秦先生请来。"说罢,给来客续了一杯水，转身出了门，一溜小跑直奔高家花园。

在高家花园找到秦天真，夏之纲气喘吁吁地三言两语说了情况。秦天真心头一亮，猜想是中央特派员杨涛到了。未及多问，便随夏之纲往大井坎赶去。与来人见面后，秦天真按约定的方式，并不通报姓名，寒暄了几句，便约来人"到城外走走"。这"到城外走走"是接头的方式。听了此话，来人也不多言，便随秦天真出了门，朝大南门外走去。出得城来，二人一路闲扯些无关紧要的话题，眼看到了吃晚饭的时候了，二人便又返回城中，随便找了一家饭馆吃饭。

饭间，秦天真这才问道："老板贵姓？找秦先生有何贵干？"

来人答道："我叫杨涛，老板叫我来找小开。"

接头方式和暗号吻合，秦天真这才放心地说了自己的真名，告诉杨涛，林青已返回遵义，并向他汇报了贵州地下党的情况。当听到黄大陆、邓止戈、缪正元现在黔军中任职时，杨涛显出兴奋之色。他要秦天真立即与他们联络，务必以最快的时间搞到国民党的军用地图、密电码以及飞机与地面联络标识图。得到这些东西后，他将马上把这些情报交给在贵阳周边活动的红军侦察员，随后就离开贵州。他请秦天真设法找一辆出境的便车，并安排一个可靠的人陪他同行。杨涛告诉秦天真，他的真名叫潘汉年，此次离开在黔北转战的红军,是要辗转到上海与共产国际取得联系。

出了饭店,天已全黑。二人又约定了搞到情报之后见面的地点,便分手了。这一项特别的任务,是中共贵州省工委建立后,第一次接受中央特派员直接部署的任务。秦天真深知责任重大,不能有半点闪失。

第二天,一大早,秦天真一身教书先生打扮出了大西门。他这是要赶往郎岱岩脚去,找随军驻扎在那里的邓止戈,传达党中央批准成立省工委的决定和完成中央特派员部署

的任务。

1935年3月初,中央红军在赤水河畔黔川边界迂回转战,国民党的中央军和川黔军阀部队前堵后追,都没有阻拦住红军的步伐。

这天,一支红军队伍正行进在茅台往中枢的崎岖山路上。

"轰轰隆隆……"。

突然,天空中一阵马达的轰鸣声由远而近,高山深谷都被震得瑟瑟发抖。不好,国民党的飞机又来了。可是,行进中的红军队伍并不躲闪,依然阵脚不乱地行走着。只见队伍中跑出几名身背包袱的红军战士,迅速冲到邻近的山头上,从包袱里抖出一匹匹白捧布,"呼啦啦"沿着山坡很快地铺出一个大大的"十"字形图案。盘旋在头顶的飞机见状,"呜——呜——"地号叫着,在空中晃了晃就飞走了。

"回去向你们的蒋光头报告去吧!"山头上铺设标志的战士对飞走的敌机嘲弄地挥着手,打趣地喊叫着。行进在山间的队伍也爆出一阵阵笑声,脚步显得更轻快了。

敌机见到这白布铺出的"十"字形图案怎么就打道回去了呢?

这还得从秦天真到郎岱岩脚找邓止戈说起。

那天秦天真一大早出发,昼夜兼程,第三天拂晓就赶到岩脚，在黔军第一师师部驻地找到了在参谋处当参谋的邓止戈。旋即，邓止戈又把在师部电台工作的缪正元找来，秦天真向二人传达了党中央的决定和布置的任务，经过一番谋划，邓止戈说："军用地图放在副官那里，弄到手不易。正好这一段时间，黄大陆到北线侯之担部开什么联防会，北线的军用地图，我设法联系大陆从侯之担部搞出来，估计问题不会很大。只是电台密码本这些密件在电台台长兼译电室主任黄俊生手里，要搞到手，恐怕要费一番周折。"

怎样才能从黄俊生手里搞到这些中央红军所急需的情报资料呢？几个人憋着想了好一阵，最后还是决定由缪正元利用在电台工作之便，尽快设法搞到手。

黄俊生这个人是个敬业的主。他对埋头工作，精通业务、能帮他出主意的人倍加信任。缪正元在打入电台工作后，尽量迎合黄俊生的喜好，不久便获得了他的信任。

缪正元知道黄俊生所掌握的那些密件就放在他的黄色公文包里，而这个公文包一般都放在他的办公室里锁着，要下手不是很容易，得寻找时机。如何既快又隐蔽地把这些密件弄到手呢？缪正元在心里苦苦琢磨。

真是天赐良机。第二天下午，黄俊生把缪正元叫到办公室，交代说他即刻就要随师长到省城开一个紧急会议，要一两天才能回来，要缪正元认真盯着点电台上的工作，不要贻误了外来的电讯，并把办公室的钥匙交给缪正元代为保管。听罢，缪正元心中暗自窃喜，一一应诺了黄俊生的叮嘱。

黄俊生的办公室与电台间仅一墙之隔。是晚，正好又轮到缪正元与另外两个报务员值班。为避免行动被发现，缪正元心想，得想个招数把这两个人稳住，才好动手。思前想后，临去值班前，终于想出了一条妙计。

夜幕降临，岩脚周遭的山风伴着毛毛雨直钻骨髓。那两个电台值班员已先缪正元来到电台值班室，坐在火炉边瞎聊着。缪正元若无其事地进了门，点了一支烟，深吸一口，甩了两支烟给那两人，然后缓缓走到自己的发报机前坐下，随手拿起桌上的报纸看了起来。其实，他这会哪有什么闲工夫看报。佯装看了几分钟，见外边天已完全黑了下来，缪正元动动身子，不经意地把报纸挡住左手，在发报机上拨弄了几下。顿时，"吱咕，吱咕……"发报机像耗子打架似的发出一串串刺耳的声音。"怎么了，缪老兄？"那两个人不明白缪正元的机子出了啥故障，忙围拢过来。一看缪正元不知所措的样子，其中一个长了一双水泡眼的阴阳怪气地说："哎哟，缪标杆吔，黄台长是在旁边，怕这机子就不会怪叫了吧？"

缪正元装得手忙脚乱的样子，揩了一把鼻子说："出洋相了，咋个搞的，今天撞着鬼了！"

那两个家伙见他急成这副模样，显得有点幸灾乐祸。缪正元趁机说："两位老兄，包涵一点，不要乱给黄台长说哈。今天你们谁要帮我把这烂家什弄抻抖（好），我请客，大家舒舒服服地喝一顿。"

听说有喝的，那个小矮个吞了下口水对水泡眼道："你说我们两兄弟今天能喝上缪老兄的酒么？"

水泡眼眯着那双更显"充气"的眼睛，馋兮兮地对缪正元说："肯定没得讲的，喝定了。老兄快去打酒买菜，我们就在这里喝个安逸，台长今天肯定是回不来的。"

"好！多承两位，一言为定。你们在这里搞着，我马上就去打酒买菜。镇上卖座堂酒的那个牛四孃和我是熟人，咋个我都喊得开门。"见他俩中了计，缪正元心头一阵高兴，转身就走出了值班室。

院坝里静悄悄的，缪正元躲在房挡头，四顾无人，便轻手轻脚走到值班室窗子边往里一看，那俩小子正在为今天这顿"口福"埋头整搞那台发报机。"哼！没点时间，你俩小子休想把它盘好。"缪正元心想。转过身，三两步

便闪到了黄俊生办公室门边,掏出黄俊生白天给他的钥匙,轻声打开房门,楚身进了屋。屋里漆黑一片,顺手关好门,他凭着感觉摸到黄俊生那张厚实的办公桌旁,用事先准备好的细钢丝钩子,三拨两掏,打开了右边第三个抽屉,摸索着拿出那个他早已看熟了的公文包,蹲到办公桌下,用衣角蒙着电筒,凭着一点点光亮,找出包里的密电码本和几份紧要的密件,揣进怀里。

出得门来,走在暗夜中的小街上,天气阴冷浸骨。可缪正元无半点寒意,只觉得心头热乎乎的,浑身是劲。他兴冲冲来到潜伏在师部的地下党联络员杨一鸣的住处,请杨一鸣的妻子到镇上去替自己买菜打酒。他便和杨一鸣就着一盏"美孚"灯,把密电码和那些密件抄誊了一份。拿着复制好的密件,二人长长地透了口气。缪正元郑重地把这些密件交到杨一鸣手中,说:"红军急需得到这些东西。你务必最快地把它交给邓止戈同志,秦天真同志在郎岱急等着这些东西嘞。我这得马上把原件放回原处去。"

"你放心,老缪,我立马就把它送到邓止戈同志那里。你要小心,不要露了马脚。"杨一鸣关切地嘱咐缪正元。说完,两人紧紧地握了握手。此刻,杨一鸣的妻子早把买来的酒菜收拾好了。她拿过来,交到缪正元手中,说:"缪二哥,酒菜我都刚刚蒸过一回的,你趁热,快去安顿好那两个人。"

缪正元接过酒菜,转身出了门,迈着稳健的步伐,又融进了雨冷风寒的夜色之中。

就在缪正元寻机取密电码的这一两天，邓止戈通过秘密渠道联络到了黄大陆。黄大陆通过军界的朋友，从在赤水一带追堵红军的黔军侯之担部搞到了军用地图，并告知将尽快直接从黔北送回贵阳，秦天真从岩脚返回贵阳时定能接到这些地图。

邓止戈也在这一两天想法弄到了黔军西线布防图、国民党军地空联络"符号"和国民党头面人物的通讯代号等情报。

前面说到的红军避免敌机突袭的情状，就是邓止戈搞到的情报发挥的作用。

秦天真在岩脚待了两天，就拿到了各方面搞来的情报和赤水那面传来的消息，他甚感高兴。从岩脚返回贵阳时，他依然一副教书先生装束，只不过手中多了一把有些破旧的油纸雨伞。所搞到的密件情报，都密藏在这把雨伞中。毛风细雨的天气，带把雨伞，是不大引人注意的。

赶回贵阳的当晚，已夜阑更深，秦天真不便深更半夜去找潘汉年，只好直奔大坝子高家，从花园后门进去，把那把雨伞埋在了花园里的一株树下。收拾停当，他就着花园鱼塘的水胡乱洗了把脸，悄无声息地上了怡怡楼。回想这几天在岩脚顺利地搞到了这些急需的情报密件，又顺利地回到了贵阳，心头不免有些欣喜。

一会儿睡意便袭上了头，正想睡下，忽然想到北线黄大陆那边的情报和地图不知是否已转到了贵阳，便撑起身，走出门，把走廊上那盆"狗牙瓣"盆栽抬到转角处的树根花架上，花园后面忠烈街抬头就可看到这个放置在楼上走廊转角处的花架。这是一个暗号：事先约好的，架上有花盆就说明秦天真或其他地下党的同志在楼上，可以来联络；反之则表示没有自己人在楼上。放好花架，秦天真看了看园内园外，万籁俱静，只隐约听到远处传来更夫的吆喝声。进了门，他便在两排书架间的临时地铺上合衣睡下。

第二天一早，前街后巷刚听见人声走动时，徐健生就从花园后门进来上了楼。他是一早起来，走出裁缝铺，抬头看见走廊上的花盆，知道天真回来了，就匆匆过来了。一进屋，看见秦天真刚起来，脸上还带着倦意，便有些不好意思，又喜不自禁地道："天真老哥，这么早过来是有重要的事给你报告。你这几天辛苦了，昨天回来很晚吧？看，没能让你多躺一会，实在是……"

"没得事没得事。只要有好消息，就是少睡它几天都划算。"秦天真两只手在脸上抹了抹说："哪样重要事？快讲来听听。"

"是这样的，昨天下午，黄大陆托人从遵义那边带来一些东西，说要尽快地转交给你。我估计是杨特派员需要的东西。"徐健生说着，撩起长衫，从怀里摸出一包旧报纸包着的东西，"你看就是这些"。秦天真接过纸包，有些激动地三两下打开来，一看，正是贵州北线的军事地图和一些秘密情报。"这下好了，这下好了！杨特派员需要的东西，我们算是基本搞到了。"说完，秦天真重重地舒了口气，又道："你马上去和杨涛同志约一下，中午我们还是在大南门文昌阁见面。东西我一起带去，到时候你安排两个人，隔远一点，在我的前前后后看着点。瞎哥那里我下午去找他。"

"好，我这就去，你再歇一下。中午，你看到我在裁缝家门口站着，你就下来。"说完，徐健生便急急地下楼去了。

虽感疲倦，但秦天真哪还有心歇一歇呢？徐健生前脚走，秦天真后脚就跟着下了楼，从那株树下取出藏着"宝贝"的油纸雨伞，转身上楼，把徐健生送来的那包东西统统嵌在雨伞里，提在手上掂了掂，分量倒不重，但价值千金哟！看看没有什么不顺眼的，也就轻轻缓了口气。这毛风细雨的天气，提把伞，撑把伞，都十分正常，旁人哪看得出有什么破绽呢！

中午时分，秦天真听到楼外传来一声呼哨。他打开门，到走廊上往忠烈街一看，徐健生已站在裁缝店门前。秦天真忙返回屋里套上长衫子，戴上那顶铁灰色的呢子博士帽，拿起那把油纸雨伞下了楼。贵阳城依旧还是阴霾朦胧的，像雨像雾又像风的气流弥漫在城中大街小巷里。一整个冬天，贵阳大都是这样的天气。虽然都说立春了，这天色还是阴沉沉的。出了高家花园后门，秦天真径直朝忠烈街通往省府路的方向走去，脚步不疾不徐，远远地看得见徐健生在前边也是不紧不慢地走着。走到省府北路口，徐健生已喊了两辆黄包车在那里等着。秦天真上了后面那辆，车夫也不言语。秦天真知道这是徐健生他们安排好了的。两辆黄包车一前一后，东绕西转，半把个小时就来到了南门南横街文昌阁。

在文昌阁约定的接头地点，找到了特派员杨涛，秦天真把这几天到岩脚搞情报密件和黄大陆从北边转来情报的过程一一向特派员作了汇报。话毕，他把那把油纸雨伞郑重地交到杨涛手上，说："东西全都在里边。"贵州地下党组织的同志这么快就把红军急需的情报密件搞到手，说明了他们高度的责任心和办事的能力作风。特派员很高兴，连声称赞，说一定会把这些情况报告红军首长。特派员杨涛在共产党和红军中也是一位成熟、老练、资深的秘密战线的工作者，不然党中央怎会把赴苏联向共产国际汇报中共情况这么重大的任务交给他呢？受到这样等级的首长的赞扬，秦天真的心中亦感到十分激动。

按下心中的激动，秦天真说："特派员同志，我把护送你出贵州的打算一起给你汇报一下吧。"杨涛顿了顿，说："这事先搁一搁，明天吧，明天在哪见面我让小徐与你联

系吧。你看,我得立马把你们弄到的这些宝贝送出去哟!这会儿我得赶紧出城去马王庙一趟,我们的人这几天都急等着取这些宝贝呢!"

"好,好!"秦天真心头明白,这些情报早一天送到红军手中,就多一分打胜仗的保障。

目送杨特派员离开文昌阁,秦天真舒了一口气,脚步轻快地向贵阳电厂走去。他要去找高言志,落实一下护送特派员出黔的有关事情。

护送特派员

在去岩脚前，秦天真已把护送中央特派员出贵州去上海的任务做了部署。去广西方向的汽车由高言志负责联系。高言志门路广，人又精明，只要他答应去办的事情，从不多问缘由，只管尽心尽力去办。早上徐健生说车子已经有了着落，那肯定是十拿九稳的。年前，为了陪林青到湘桂黔边境寻找红军，高言志在电厂告了一段时间的假。林青去遵义后，高言志又返回电厂上班去了。

文昌阁离电厂不远，不一会秦天真就在电厂找到了高言志。

"哟，我昨天还给徐健生说，你起码还要一两天才回来呢。"见到秦天真，高言志略显惊喜地说。

"事情办得还顺利，我昨天晚上就回来了，刚才都把东西交给人家了。"秦天也欣喜地说。

高言志伸出大拇指说："秦大哥真厉害，三五天就做了这么大的事。"

"嗨，我厉害啥呀，这都是大家的功劳，还有你高大少爷的担当哟。"秦天真在高言志肩头上拍了一下，接道，"你这边的事说定了吧？"

"没问题。这样吧，我也可以下班了，我们路上说吧。"

在回高家花园的路上，高言志把联系出境车辆的情况前前后后向秦天真报告之后问道："人家这两天就要出车，不知这边要走的人安排好了没有？"

护送和陪同中央特派员的人选，秦天真心中是已有打算的，他是准备再与特派员杨涛碰面时，先把心中的打算向特派员汇报了之后，再向这位拟定的同志交代。既然瞎哥提到了这回事，秦天真心想也可以先把这个人告诉他，顺便听听他的看法，便道："我是想安排蓝运臧陪同特派员去上海，身份是'杨老板'的太太，你觉得怎么样？这事我还没有给小蓝说嘞。"这蓝运臧，高言志是知道的，黔西打鼓新场（今金沙县域）人，她有个妹妹叫蓝运铮，两姊妹都长得端庄大方。前些年两姊妹在贵阳女子师范学校读书。姐姐蓝运臧是位才女，性格活泼，琴棋书画，吟诗填词，都颇通晓。九一八事变后，曾以女师学生代表的身份参加过秦天真等人组织的"贵州学生救国团"，领导女师的抗日救亡活动；还与贵阳知识界的名流尹素娟、严金秋等等组"贵州妇女救国会"，兼任理事。她常以"问耕"之笔名，在《新黔日报》副刊和妇女会刊物上发表时评文章，颇有见地和影响；她还积极组织和参加女师同学的街头演讲，揭露日本帝国主义侵略我国的罪行，号召群众起来抗日救亡。由于她声音清脆，语言生动，市民百姓很爱听她的演讲。寒暑假时，她回老家黔西，还与其大哥蓝运富一起组织家乡的青年和学生进行抗日救亡宣传活动。这些年来，蓝运臧表现出的革命热情和组织才能，受到林青、秦天真等许多党员和进步人士的信任与赞赏。从女子师范学校毕业后，尹素坚介绍她在一所公立学校暂做代课老师，兼做一些校务工作。去年冬天，秦天真就介绍她加入了党组织。

听秦天真说打算派蓝运臧负此重任，高言志二话不说，立刻赞同道："好，这个人选没得讲的，素质和气质都扮得起'杨老板'的太太。"听高言志这么一说，秦天真心中感到更有底了。既然已把这个人选告诉了瞎哥，何不请他先去联系蓝运臧，让她到高家花园来一趟。想到此，秦天真说："瞎哥，这样，你就先到大公巷吴家去找一下小蓝，让她到花园来一趟，我们一起把事情跟她说一说。"

"好的，那我这就去喽，你先回去，这几天你在贵阳、岩脚跑了个往返，太辛苦了，回去抓紧眯一觉。"说着，高言志便岔道往大公巷去了。

回到高家花园，上了怡怡楼，秦天真关了房门，坐在书架旁，思考着该如何向蓝运臧说明此事和安排联络此去广西方向贵州境内一路上各地党组织接应特派员的事宜。

不到一个时辰,蓝运臧在高言志的带领下,来到高家花园怡怡楼。蓝运臧落落大方地向秦天真问好之后,道:"天真大哥,是有什么任务吧?"

秦天真缓缓道:"莫急,来你坐下,我慢慢给你说。瞎哥,你也坐下,我们一起商量商量。"

秦天真语气温和而又严肃地向蓝运臧说了组织打算派她与党中央特派员假扮夫妻,护送和陪同特派员去上海的

任务，又问蓝运臧有什么想法。蓝运臧虽是一个机敏聪慧而又端庄勇敢的年轻女性，但陡一听说要与人假扮夫妻，对于一个尚在热恋中的女青年来说，一时真有点不知所措和羞涩。

秦天真和高言志也都知道，蓝运臧的恋爱对象是贵州省立第一中学的学生寇述彭。寇述彭祖籍昆明，出生在贵阳，比蓝运臧小一两岁。两人都是热情似火、思想坚定的进步学生骨干。前些年，他与蓝运臧等组织读书会，发动学生进行抗日救亡活动，寇述彭因此被省教育厅开除了学籍，后在其祖上名流长辈的资助下，考入北平朝阳大学就读。虽远隔千里，但天涯咫尺，两人书信传情，计划在近期赴京完婚。

沉吟俄尔，蓝运臧抬起头来，毫不犹豫地表示服从党组织的安排，尽最大努力去做好这个"杨太太"，完成掩护和护送任务。

料想蓝运臧会坚定地接受这个任务的，秦天真也就没有多说什么，只交代让她这一两天尽快做些准备，对家人和亲友都要保密，只说是要到北平去找寇述彭。临了，秦天真说："林青书记这一段时间都在遵义那边忙，等他回来，我会向他汇报，这是省工委的决定，小蓝同志也是代表着我们贵州地下党来执行和完成党中央交给我们的这项特殊任务。"秦天真转头看着高言志道，"瞎哥，还要劳烦你找家里的女眷，帮小蓝打扮一番，作为'杨太太'，这穿着打扮、胭脂花粉的，也要准备准备呀。"

"没问题，待会儿我就领小蓝去我小姨妈那里排演排演，保证误不了事。"高言志站起来看着蓝运臧说。蓝运臧莞尔一笑，说："那就有劳言志哥了。"

高言志佯装一脸严肃地低声道："何谈有劳啊，这可是党中央赋予我们的任务啊，我高兴还来不及呢。"转而又正声对秦天真道，"秦大哥，我领小蓝去我小姨屋里后，我还要去运输处把车子的事扎死（落实），晚饭前我再来向你报告。"说完便与蓝运臧下了怡怡楼。

送走高、蓝二人，秦天真凭栏闭目，静静地回想着：这几天与特派员接头；吩咐高言志落实车子；赴郎岱岩脚搞情报；向蓝运臧交代任务……这一桩桩事情都在同志们的努力下办得颇为顺利，真使人感到紧张之后的轻松与畅快。眼下就只等着晚上再与杨特派员见面了。

还没到吃晚饭的时候，高言志就回来告诉秦天真，车子的事情已经敲定，后天一早出发。正说着，徐健生也来到高家花园，说要约秦天真晚上去甲秀楼翠微阁喝茶。秦天真明白，这是杨特派员要他去见面。

在高家吃了晚饭，等到天黑，秦天真和徐健生从花园后门一前一后出了门，徐健生走在前面，秦天真与他相隔一二百米，沿君子亭、文昌阁的小道，向甲秀楼方向走去。

这一会儿，国民党中央军和王家烈的地方军大都蜂拥到贵州北边去追堵红军了，省城贵阳倒也落得个清静。大街小巷虽不时有军警巡逻，但气氛不似年前那么紧张。

秦天真、徐健生不徐不疾散步似地走着，不多一会儿就来到了甲秀楼。看到甲秀楼浮玉桥上三三两两的有人在漫步，有人依着桥栏欣赏夜景。

徐健生径直过了浮玉桥向甲秀楼后的翠微阁走去，而秦天真走到甲秀楼，便在楼下的石阶前停下脚步，装着在观赏甲秀楼的飞檐翘角，眼睛却瞟着翠微阁那边。

不一会，徐健生从翠微阁出来，优哉游哉地走过来，经过秦天真身旁时，低声说："左厢靠里包间。我就在这附近转一转，你们放心地谈吧。"

秦天真应道："好。"便转身往翠微阁走去。一般的市井百姓是不会到这翠微阁来瞎逛的，都是有身份的达官显贵大老板，才到这里来谈事情享生活。

见到杨涛特派员，两人未多寒暄，坐定后，秦天真说："特派员，送你出境的车和人都已经安排好了。后天一早出发，到时小徐来带你。与你同行的人叫蓝运臧，黔西那边的人，她的掩护身份是黔西'烟王'的千金。你作为江南鸦片生意的大佬，到贵州来跑生意，顺便找一个同行的千金小姐做'太太'，这也是说得过去的。民国政府对做这行生意的人还是抬手的，毕竟这行生意为他们增税不少。

小蓝也是我们党内的人，人端庄，思想也正。明天我让她来见见特派员……"

"不用见了，你们安排好就行。"杨特派员打断秦天真的话，继又道，"昨天取情报的侦察员说，明天还将与我见面，中央可能要带过来什么指示。"

未待秦天真答话，杨特派员呷了一口茶又道："你也喝点茶呀秦老板，你们贵州这云雾毛尖还真不错，'止渴生津腮生香'。"

"这怎好比特派员家乡的'龙井'名茶。"秦天真应道。

"各有特色各有特色——好，不谈这个。"特派员停了说茶的话题，遂把这次只身回上海的事大概说了说。原来，党中央和中央红军在历经千难万险的大转移途中，与共产国际联络的大功率电台受损，无法修好，导致党中央无法与共产国际取得联系。中国革命是必须接受共产国际的指导的，因而党中央派他返回江南，然后赴苏联听取共产国际的指导。潘汉年身负重任，中共贵州省工委又肩负了护送其去上海的任务，这一特别的任务的分量，真可谓千斤万斤，不可估量。

接着，杨特派员又把中央红军从中央苏区撤出以来的历程和进入贵州，突破乌江，两占遵义、二渡赤水的大致情况向秦天真说了说。

听了特派员的介绍，秦天真对党中央红军千难万险的经历和所遭受的损失万般感慨，红军坚定信念，矢志北上抗日的壮举让他备受鼓舞。他心情凝重而坚定地对特派员表示，代表林青书记、代表省工委祝愿红军的战略转移一定胜利，贵州省工委和贵州地下党定将竭尽全力配合红军在贵州的转战。

两人在翠微阁交谈了个把小时，便分别离开了。

第二天清晨，秦天真和高言志一前一后坐了两辆黄包车来到大西门外卢家坟。徐健生与特派员杨涛，还有身穿旗袍，外套裘皮大衣的摩登女郎——蓝运臧已等候在那里了。一辆红色车头的货车停在卢家坟坎下的路边。

春寒料峭，路上少有行人。来到车前，秦天真开口道："杨老板来得好早哦！"徐健生打一拱手回道："不早不早，我们也刚到。路程远，杨老板说早一点动身，烦劳两位来相送了。"几人相互寒暄了几句，见前后都无过往行人了，特派员把秦天真、徐健生邀到货车侧边郑重地说："红军侦察员昨天带来了党中央对贵州地下党工作的指示，我给你们转达一下。主要精神就是要做好面向遵义和重庆，背靠云南的准备；贵州地下党组织要配合中央红军在贵州的转战，与川黔边的斗争相联结、相呼应，牵制滇军活动，减轻红军的压力。"还交代了广西、上海和香港的几个秘密联络点和接头暗号，并强调要尽快地和省工委书记林青联系上，把这些指示告诉他。说完，特派员走到车头前，先让蓝"太太"上了驾驶室,自己随后登上了车。待二人坐定,高言志绕到驾驶员这边,将一个小纸包递给驾驶员道:"来,路上喝杯水,就劳烦仁兄多费心了。杨老板这一趟到我们贵州生意还不错,一路上他不会亏待你的,走吧走吧。"打过招呼,车子便缓缓启动向前开去。秦天真几人依依不舍地站在路边,深切地目送着车子在微微的颠簸中渐渐远去。

不久,省工委得到消息,这一对"夫妇"从贵阳经独山、柳州,取道广州,转道香港,安全抵达上海。贵州地下党组织出色地完成了党中央和红军赋予的特殊任务。

特派员杨涛后经海参崴入苏联。蓝运臧与中央特派员假扮夫妻,平安到达上海后,即转赴北平,在北平大学女子文理学院就学。次年,她与寇述彭在北平完婚,后赴延安。

诱敌巧斡旋

中央红军占领遵义，召开党中央政治局扩大会议后，仍然面临着非常严峻的形势。蒋介石为了围歼中央红军，一方面，纠集西南军阀，拼凑了180个团，40余万人，火急火燎地向黔北扑来。

蒋介石提出了对付红军"宁可迫使南窜,不可纵其西窜"的追堵方针，并派高级幕僚贺国光、杨永泰等在重庆组成"委员长行营参谋团"，部署"围剿"红军，并调整了军事部署：湘军刘建绪部布防在黔东石阡、印江、镇远一带，意图在乌江东岸防堵红军东进与红二、红六军团会合；四川刘湘与贺国光组织"川南剿总指挥部"，由潘文华率川军第二十六军进驻泸州，组织36个团的川军在赤水、古蔺、叙永一带川黔边地区构筑江防工事，封锁长江，防堵红军入川；桂军廖磊率两个师进驻黔南都匀等地；滇军参谋长孙渡率滇军3个旅在黔西北及云南宣威、镇雄驻防；黔军第二十五军军长王家烈派黔军何知重、柏辉章两个师取道修文，向遵义进逼。

另一方面，蒋介石令国民党中央军薛岳部进占贵阳后，派吴奇伟、周浑元两个纵队分别由贵阳、息烽和清镇、黔西左右两路向遵义推进。同时，还急调上官云相部入川集结，兵屯川黔边界。这一系列动兵部署，旨在对红军采取包围态势，窥视红军的动向，伺机消灭。

在蒋介石的合围计划尚未完全形成之时，党中央和中革军委决定放弃在黔北建立根据地的打算，跳出敌人的包围圈，北渡长江与红四方面军会合，在川西北建立新的根据地。

1935年元月19日，红军离开遵义，兵分三路，挥师北上。

此时，黔军何知重师亦在红军撤离遵义后，呈"追剿"之势，尾随在红军部队之后，行进在乌江往北的山路上。

行军序列中，黔军第一师参谋长黄大陆与师长何知重并辔而行，马蹄声被士兵杂乱的脚步声所掩盖。临随军北去前，黄大陆在贵阳与秦天真见面时，秦天真告诉他，省工委书记林青因身兼中共遵义县委书记，这会儿正在遵义一带活动，此行随军到了遵义，务必要与林青联络，以听取如何配合红军行动的指示，并告诉了他林青的姨妈在遵义的地址和联系暗号。

胯下的坐骑在崎岖的山道上不疾不徐地走着，思绪却在黄大陆脑海中翻滚。自从坚姐介绍他结识邓止戈、秦天真、林青、高言志等人之后，他心里更有谱了。这一帮年轻人，目标明确，热情似火，虽然都比自己年轻，但理想和信念都很坚定，对时政和局势的看法也颇有长足之处。虽然他们都没当过兵，却能与自己这个行伍多年，且佩戴着国民党"将星"的军人结交，进而加入他们的组织得到他们的赞赏和信任。尤其是那个林青，年纪轻轻，就已担当了省工委书记这样的重任，而且安排部署、待人行事都显得十分成熟，真不枉他那经受磨难的身心和见识过共产党、红军高级干部的经历。还有自己那个同龄好友范鼎三，前两年，自己通过川南边防军总司令侯之担下属第三旅旅长林秀生的关系，把他安排到该旅当了军需官。前不久，秦天真同志叫自己弄一份贵州军事详图，就是范鼎三以林秀生旅部名义到赤水侯之担司令部搞到的……

"参谋长！"还在思绪中，黄大陆悠然听到何知重的一声叫喊，佯装倦意地答道："哦，师座，不恭了，刚才打了个盹——什么事呀？师座。"

"没什么。我看马上就到遵义了。我们也不进城啦，今晚就在南门关外驻扎。你给军座发个报，看明天以后我们该赶到什么地方。"何知重在马背上一颠一颠地下达了命令。

"是，师座！"黄大陆朗声应道，"那我先到前面看一下，师座慢来。"说完，双腿一夹，胯下坐骑便一溜小跑，往队伍前头赶去。

当晚,何知重的部队就驻扎在遵义城南门关外。

部队宿下后,黄大陆迅急来到师电讯队,找到缪正元,让他立马给军长王家烈电告部队的驻扎地,并请示下一步的动向。

不一刻,缪正元拿着军司令部的回电来到黄大陆的临时作战室,见无旁人,便道:"大陆,你来分析一下这份电报的意思,我们该咋个动作?"

黄大陆接过电报,见电文是:

> 知悉。接剿总通报,"赤匪"自遵向西北方向运动,意在北渡长江入川。着你部急速跟进,伺机与友军合围"赤匪"于习赤诸地。

看完电文,黄大陆略一思忖,对缪正元道:"我马上去趟城里,找林青报告一下。何知重骑了大半天马,已累得躺下了,等我回来再跟他说道说道。"说完,便换了便装出了门。

遵义县城丁字口,黄大陆很快就找到了林青的姨妈开的那家京果铺。三长两短的敲门声重复了两遍,屋里没有回声,店门便"吱呀"一声打开了一半。来开门的人正是林青,那两遍敲门声便是暗号。两人见面未及寒暄,四目在暗夜中借着屋内投过来的光线,会意地注视俄尔,黄大陆便一侧身进了屋。林青见屋外四下无人，悄无声息地把门关上，转过身紧紧握住黄大陆的手，诙谐道："黄少将参谋长同志，鞍马劳顿，辛苦了！我这也没什么犒劳黄将军，快进屋喝杯老鹰茶吧。"说罢，轻声笑了起来。

"你还这么轻松，我的喉咙管都快要冒烟喽。"黄大陆故意道，他知道面前这位省工委书记，是既严肃稳慎，又不失风趣和幽默，他毕竟是一个年轻人嘛。他话虽这样说，心里却没有半丝轻松的意思。

"同志哥，文武之道一张一弛嘛。紧张中来点古怪，脑壳可能会更活泛一点哟。"林青也知道，眼前这位军官大哥，从军多年，养成严谨沉稳之风，但也是性格豪爽开朗之人。这才结识相知几个月，他便从许多大事小情上窥见了黄大陆的性格素养和能力，很佩服和赞赏这个比自己年长七八岁的大哥哥。自己肩上的重担，正是在这样一些人的支撑下，才挑起来的。他明白，自己刚才那点诙谐，大陆定然是理解的。

两人握着手进了里屋。林青真的倒了一杯热腾腾的老鹰茶递到黄大陆手中。黄大陆接过茶杯，也会心地笑道："谢谢书记大人的犒赏，属下就把情况向大人报来。"说罢，兀自笑得手中的茶水都洒了出来。

转瞬，两人皆一脸严肃。大陆从怀中摸出电报纸，道："刚才接到的王家烈的电报，叫我们师急速尾随红军北上，企图'会剿'。你看想个什么办法?"

林青接过电报,两眼定定地看着电文,脑袋里却在飞速地旋转。红军北出遵义时,他已从红军联络员的口中得知,红军将北渡长江入川,寻机北上,与红四方面军会合,建立新的根据地。红军北上已有个把星期了,不时传来红军与其他追堵的地方军队交锋的消息。每当听到这样的消息,林青的心里就急得慌。黔北地区地下党的组织尚未发展起来,怎样配合红军的行动,自己这个省工委书记还真犯难。眼下,只有设法使黄大陆所在的这个师离北去的红军远一点,尽量减少红军的压力。

"你看这样行不?"思考了分把钟的时间,林青把电文递给黄大陆,说:"你们这个师虽然战斗力肯定在红军之下,但毕竟算是王家烈的'看家宝'、王牌,他王家烈就看不懂蒋介石的狼子野心?他的中央军不打头阵,却把你们拿来当炮灰,这位省主席、军长就不想保住点本钱?这些'烟膏'兵再咋个也是土生土长的,爬山跑路端把枪,如果按王家烈的意思都撑上去,跟着红军的屁股追,总是个麻烦事。大陆呀,你赶紧回去,再想一下,用什么法子,在何知重耳朵边嘀咕嘀咕,最好让他也给王家烈嘀咕一下,从保存实力的角度出发,缓兵慢进,不要参与什么实际的'追剿合围',这样就算我们贵州地下党对红军的支援了。"

黄大陆静静地听林青说着,时而会意地点点头。从一个军事将官的角度思考，他也是这么想的。贵州地下党要配合红军的行动，目前来看，也只有运作一下有所联系的贵州军阀部队，想方设法避开与红军的对峙，才能有效地支持红军。自己从军多年，能思谋到这一步，不算个啥；可这位年轻的省工委书记，从未接触过军事，却有着这样的思虑和方略，黄大陆由衷赞赏这个年轻人。林青谈完，用征询的眼光看着黄大陆，黄大陆却目光炯炯地盯着林青，那眼神是赞许，是欣赏，是喜爱。见大陆这样看着自己，林青眨巴眨巴双眼，问："怎么啦？我说得不靠谱？"

黄大陆从专注中回过神来，道："哪里哪里，书记大人，你的想法不应该是从你嘴里说出来的，而应该是从我这个'将军'口里说出来的。太好了，一个'将军'，一个书记，不谋而合，真乃和衷共济，心有灵犀吧。"说完，举起手掌，林青也举起手来，两个人的手掌在这小屋内击得"啪"的一声响。

从离开军营到返回军营还不到一个时辰，黄大陆和林青就在严肃紧张和诙谐幽默中议定了配合红军转战的方略。黄大陆旋即来到何知重的住处，把电文给何知重念了一遍，随手把电报纸放到桌上。只见何知重懒懒地瞟了一眼桌上的电报，便转眼看着黄大陆。这是他的老习惯，也是他相信自己这位参谋长的做派。黄大陆知道，他看着自己不说话，便是在问自己，如何实施电报指令。

黔山星火——中共贵州省工委的建立及活动

从丁字口林青的姨妈家出来返回军营的途中,黄大陆便想好了如何向何知重说。见何知重在用眼睛问自己,他便不慌不忙地拉过一把椅子,坐在何知重旁边,倾过头去轻声喊了声"师座",接着道:"部队一路追了三四天,不谈人困马乏,也有点疲惫了。好在还没遇到'赤匪',如若遇到'赤匪'设个埋伏或打个遭遇,还真有点够呛。再一方面,部队出来就没带几天的供给,说严重点叫'兵无宿粮',后续又跟不上,总不能饿起肚皮穷跟吧。"

83

"嗯？这才几天就要断顿了？"何知重动动身子说。

"师座，原本我师的粮草还是丰富的。这不，薛长官的部队一进贵阳城，说是大量的军需尚未随队入黔，要军座先垫支一些，过后加倍奉还，军座同意。这你也是知道的，不光我们师，包括柏师长和军部的一些军需都拨了差不多一半给了中央军。说难听点，师座你别生气，这叫又要我们勒裤带，又要我们当先锋做炮灰。"见何知重听了这话，没怎么反应，黄大陆知道，何知重心里也有小算盘，心想，倒不如把他的这个小算盘说出来，让他好有借口下台阶，毕竟他是师长。

黄大陆接着道："他中央军是老蒋的本钱，又是'剿共'的主力军。从江西追追打打，都没有把'赤匪'降住，倒让'赤匪'跑到了我们这穷山恶水的山旮旯来打我们的秋风。你中央军既然已追到了贵阳，为何却全摆在我们地方部队的屁股后面呢？真是司马昭之心……"

"这还不明白？"陡然，何知重撑起身，有些怨怒地大声道："黔军、湘军、川军都是他老蒋的炮灰，他的心大得很，想一统天下，拿地方的军队给他垫背。但这军令如山，再咋个我们也要给军座撑起嘛，好让他老人家给老蒋有个交代哟。"

见何知重来了气，知道是点着了他的痛处和小九九，黄大陆就顺着他的话继续煽了煽："师座呀，撑起也要看咋个撑法。我看这个撑法有'活撑'和'死撑'。"

"那你的意思是？"何知重又看了黄大陆一眼说。

"我说了，师座可别……"黄大陆假作为难地说。

"哪有那么多可别可别的哟，快说快说。"何知重催促道。

黄大陆轻咳一声，清清嗓说："师座啊，我说的这个'活撑'就是派出人到前面去实际打探一下'赤匪'的行程和动向，我们呢，根据情况与'赤匪'若即若离地隔个一两天的路程。当然这要做得像，要让薛长官和咱们军座都无更多的怪法。这样我们既尽了'追剿'之责，又保存了我们的本钱。'追剿、追剿'，追为主，剿为辅，顺理成章。古人不是说，穷寇莫追吗？贵州话不是说'兔子急了也会咬人'吗？如若被这'穷寇'和'兔子'咬了，就划不来了。这就是'活撑'的意思。反过来，那'死撑'呢，就是穷追猛打，来个鱼死网破，壮士马革裹尸还，青山何处不埋骨，不做党国的人杰，就做党国的鬼雄，让老蒋和薛岳看看我们贵州兵的仁义和忠勇，或许会多多地体恤我们这些为他而战的将士也难说。"

"哎呀，你就不要扯这么多俏皮话了！我还不懂这死撑的代价吗？老子这点本钱倒真是攒得不容易。其他的就不要多说了，这天时也不早了，明天开不开拔，你一早就派人先去'斥候斥候'，把情况搞清楚再行定夺。"

"是。"黄大陆应道,继又道,"那若果军座来电询问?"

"这你不用管,我待会儿亲自给军座打电话,说明情况,想必军座也会有……"何知重压下了后边的话,无非是不想让属下太清楚自己的心思。

翌日,黄大陆派出师侦察队的人前往桐(梓)习(水)方向打探情况,主要是了解红军所在的位置。又到电台,授意缪正元注意其他"追剿"部队与上级的往来电报内容,一有异常,即刻报告。自己不便再进城去与林青通报情况,就又叫缪正元抽空去找一趟林青,只告诉林青"一切正按约定的在实施"即可。

何知重这一个师的人马暂且在遵义南门关驻下,没有按"剿总""寻踪追剿"的计划及时跟进,黄大陆轻轻舒了口气。下一步如何继续使何知重按兵不动或缓追,这还颇费周折。

其时,正是土城战役的前夜。

为了聚歼中央红军于赤水河畔,蒋介石从四川增派优势兵力,向赤水河一线的隆兴、土城等地逼近,致使红一军团攻占赤水县城,构成"桥头堡垒",夺取北渡长江渡河点的计划受阻。为了集中全力打开北渡长江的通道,红军总部决定首先消灭前来阻我红军北进的川军部队。

1935年元月28日,红三军团与红五军团在土城青杠坡一带与川军郭勋祺部接火交锋。川军据险而守,战斗异常激烈，敌我双方伤亡颇重，形成对峙局面。且因敌情报告有误，土城东西两面川军援敌源源不断，倘若久战，红三、红五军团和中央纵队将损失殆尽。土城之战未能达到预期效果，中革军委在紧急之中果断决策，放弃原定在赤水县城地域北渡长江的计划，各军团改从土城、元厚等处就近西渡赤水河进入川南古蔺、叙永。土城战役导致红军实施了一渡赤水的行动。

土城战役打响前几天，黔军何知重部才从遵义南门关一路拖拖拉拉地向桐梓地区进发。土城青杠坡枪声最激烈的时候，本该赶到战斗之中来的何知重师，在黄大陆的运作下，却停在了桐梓一带，没有赶去土城参战，师长何知重出于自保，似乎也装聋作哑。尽管当时仅运作了何知重这支部队避开了与红军的交锋，但不管怎么说，这一招还是在很大程度上减轻了红军土城之战的压力。

红军西渡赤水进入川南之后，何知重师却加快了脚步，一两天便赶到了温水、良村、东皇一带驻扎。从桐梓赶来的这一路上，黄大陆、缪正元利用特殊身份，收留和安置了一些掉队的红军战士到电台当勤务兵或做其他杂务工作。

1935年2月中旬，由川南进到云南扎西休整的中央红军，根据毛泽东"向黔北转移、寻找战机、主动消灭敌人"的建议，做出了"回师东进，再渡赤水"的决定。

2月15日，中央红军兵分三路陆续到达赤水河西岸，分别从二郎滩、太平渡渡口再次渡过赤水河。红军二渡赤水河，王家烈曾电令何知重部赶赴二郎滩等处河岸设防以防堵红军。缪正元接到王家烈的电令后，及时地叫师电台文书、地下党员杨逸民把此电文转告给了黄大陆。黄大陆遂又设法说服何知重将部队停滞在东皇（习水）、土城一带，而未直接到太平渡、二郎滩堵截二渡赤水的红军。这样，无疑大大地减轻了红军重返黔北的阻力。

中央红军二渡赤水，进入贵州，甩掉了敌军主力，打破了蒋介石在川滇黔三省交界区域包围红军的计划。红军重返黔北，单就贵州军阀王家烈之部，是难以与红军匹敌的。

红军自北向南，一路雄风，杀将过来。

2月24日重占桐梓。

2月26日攻占黔北门户娄山关。

2月28日再取遵义。是役歼敌五十九、九十三两师大部，俘敌3000余人。遵义城南红花岗、老鸦山、碧云峰、忠庄铺一线守敌悉数被歼。此役堪称中央红军长征以来的第一个大胜仗。

遵义大捷之后至3月中旬，红军在黔北运动转战、游击敌军、牵敌盘旋。

3月16日至17日，红军摆脱意欲聚歼红军于仁怀鲁班场的国民党中央军周浑元、吴奇伟数个师的纠缠，分别从茅台镇上中下三个渡口，三渡赤水河，再次入川，跳出了

黔山星火——中共贵州省工委的建立及活动

敌人的包围圈。

距三渡赤水不到一个星期之后的 3 月 21 日，面对蒋介石调集各路军阀部队向川南扑来，做着"'剿匪'成功，在此一举"美梦的形势下，中革军委当即决定，出敌不备，迅即折而向东，再次返回黔境，寻求机动。于是在 21 日至 22 日，三路红军分别从太平渡、二郎滩、九溪口渡口四渡赤水河。这样，蒋介石集结的"围剿"大军又全部被红军抛在赤水河西岸以西地区。

中央红军转战黔北及川滇黔边界地区，迂回运动，相

89

机歼敌,四渡赤水出奇兵,完全打乱了蒋介石意欲围歼红军于川滇黔边的部署。

3月24日,蒋介石携夫人宋美龄及其幕僚由重庆飞抵贵阳,图谋下一步对付已全线入主黔北地区的中央红军。

省工委罹难

1935年上半年，是中共贵州省工委工作局面开创得最好，一系列工作都颇具成效的黄金时段，同志们都感到在艰难时势下奋力工作之后的欣慰，都感到没有辜负党中央和红军的信任与期望，同时都更加感受到了肩上担子的分量。

而在这个当口，贵州当局和"中统黔室"亦在伺机破坏几个月来让他们深感挠心的中共地下党组织。阴谋还得从陈惕庐入黔说起。

这陈惕庐原也是一位老资格的中共党员，曾任中共江苏省委军委书记。可这家伙被国民党特务组织逮捕后，经不住利诱，未遭酷刑就变节事蒋。投敌后，作为蒋介石的鹰犬，他极尽其能，参与破坏了江南数省的中共党组织，颇得蒋介石和中统特工总部的器重。

国民党中央军"追剿"红军入黔，蒋介石妄想在这偏远贫瘠之地，一举消灭"红患"。哪知，红军却在贵州这叠嶂山峦间行走有余。这不分明是贵州的天时、地理、人和，尤其是这人和与"赤匪"有缘吗？由此，蒋介石"顿悟"，再不可低估中共地下党在贵州的活动与作为。即便不仅仅是为了中共贵州地下党与红军的联系，就是贵州的格局中央化后，也须将中共地下组织"整肃"清爽，以免以后统辖之不顺。于是，蒋介石便派陈惕庐这个曾是共产党员的反共奸贼，在红军已经西离贵州后悄然来到了贵阳。作为"钦定"的贵州省党部设计委员、肃反专员，陈惕庐头天踏上贵阳土地，第二天便成立了国民党贵州省党部调查统计室，亦即"中统黔室"，并从其他省区抽调一批中统特务骨干分子入黔。

乍到贵阳，陈惕庐便吩咐手下，四处打探摸查，很快就大致掌握了几所中学进步学生所办的"读书会""研究社"的基本情况。他随即采取"以外围对外围，以核心对核心"的一套方法，立马在贵阳建立了一个叫"读书竞进会"的团体，吸纳青年学生参加，还派了"中统黔室"的特务混入其中。当时贵阳十来所学校的学生有的既参加了地下党外围所办的读书会，为了交友和学习，也参加了读书竞进会。平时这些学生就聚集在飞山街陈明仙家，学习政治、讨论时事。

这陈明仙是女师高年级的一名女学生，她听过林青、秦天真、刘茂隆等人的演讲、教导。有人说她是一个"性格软弱"的人，陈惕庐一到贵阳就通过下属的打探盯住了她。禁不住陈的利诱威逼，陈明仙一方面参加进步读书会，另一方面又主持"竞进会"。

在那个特殊的时期，陈惕庐这样的叛徒奸贼熟悉中共行事的风格，也随形就势地办起了"读书会"，蒙蔽了许多青年学子。不要说那些善良稚气的学生不知其所以然，即便是中共地下党组织也未必能一朝明察。

那一段时间林青常常奔走于全省各地，还耽念着省城的活动状况。一次，"中统黔室"的特务在邮检中发现了一封寄件人为"矛戈"，由遵义寄到贵阳的信，较为可疑，便把此信上报到陈惕庐手中。警犬似的陈惕庐似乎从信中嗅到了什么"味道"，便把陈明仙传唤到他办公室，双目含威逼视着陈明仙道："你听说过一个叫'矛戈'的人吗？"说着把信丢到陈明仙眼前的桌子上。

陈明仙慌张地瞟了一眼那封信，眼中掠过一丝惊诧——这不是他的笔迹么？她知道，平时和林青关系很密切的几个人及他的毕节老乡，都叫他"毛哥"，而不是这封信上所写的"矛戈"二字。她心中猜想这一定是他用谐音"矛戈"写给他同事的信。她有意隐瞒。这几个月，她与这位从黔大毕来的、很有气质和才华的年轻人接触，虽然不知他在共产党内是干什么的，但自己的内心隐隐约约有些许羞于启齿的爱慕和想法。想到此，陈明仙决定不把自己知道的告诉陈惕庐。

她嗫嚅道:"不认识,这……个'矛戈',是……是,干什么的呀?"

陈明仙转过脸,看着陈惕庐,嘴里说不认识,可眼神却显出了慌乱。

"哈,别骗我了,不认识?那你慌什么?"陈惕庐打着哈哈逼问,眼神却像两把阴冷的剑。不待陈明仙申辩,继续说道:"你既已愿意为党国做一个正直的青年,何必又隐隐瞒瞒的呢?这叫我们怎么相信你?怎么培养你?你这不是自毁前程吗?反过来,我们把你加入我们的情况透给他们,他们会怎么看你呢?他们会像我这样苦口婆心地爱惜你吗?"这一连串的问号,搞得陈明仙心头瑟瑟发颤。

沉默有顷,陈惕庐站起身,踱到窗户边,点上一支烟,吐出一口烟雾,对着窗外缓缓地说:"前两天,我还到省党部向李书记长说过你的情况,说过了这阵子,等'赤匪'在贵州绝迹后,选拔一批苗子,到总部去深造深造,以后好担当一些职位……你呀,真是不太争气啰。唉……让我有些失望哟。"

"陈先生,陈专员。"突然,身后的陈明仙哭声哭气地叫道。陈惕庐脸上浮过一抹阴笑,刚转过身来,陈明仙已然几步凑到了他的面前,眼圈红红的,像似万分委屈、千分依赖地嘤嘤而道:"人家确实和这个'矛戈'不认识嘛，你一点拨，我才想起，'那边'是有个叫'毛哥'的，是个毕节人，围在他身边的几个老乡都喊他叫'毛哥'，那是他的小名，我也不晓得是不是这信上的这个'矛戈'，光听声音，倒像是他。"

"暂不管他们喊的'矛戈'是不是这两个字，你可不可以把你知道的那个'矛戈'的情况详细地跟我说一说呢？"陈惕庐知道自己的这番恩威并施的询问奏效了，他把烟蒂往窗外弹飞出去，打了个响指，顺势摸着陈明仙的肩头，

把她邀到沙发上傍着自己坐下，说："来，先喝口水，慢慢地跟我说一说。"

在陈明仙被陈惕庐拥在怀前细述她所知道的外围组织和地下党的点点滴滴时，省工委和属下的党员、骨干，还在正常地开展着各项工作和活动，有谁知道魔掌已经出袖，省工委已经危在旦夕呢？

进入7月，贵阳的日头一天比一天"辣"，热浪袭面。

19日这天，林青一大早就从南门大公巷地下党员吴绍勋家出城做发动群众的事去了。这几天来，他都是早出晚归，顶着星星伴着月亮才回来。省工委的其他成员，也都是分头干着各自所负责的事。

中午时分，刘茂隆着一身薄纱衣裤，一派洋先生打扮来到万宝街中的裁缝铺。这家裁缝铺是地下党贵阳县委书记李中量的父亲开的，也是省工委的一处秘密联络点。刘茂隆到此，是来安排布置当晚省工委将在此召开的一个党内会议的。一路走来，刘茂隆透过他那高度近视的眼镜片，恍惚看见街口有一两个学生模样的年轻娃娃在探头探脑地东瞄西看。自从四五月份以来，贵阳大街小巷这样打扮的人的鬼头鬼脑的神态，那是屡见不鲜的。开始时大家都十分警惕，一两个月下来，似乎也没发生过什么事情，大家也就不以为意，警觉也就降低了。刘茂隆也没有警觉到这两个学生娃娃的异样，径直进了裁缝铺。他把李中量喊到里屋问道:"开会的人都通知到了?"李中量点点头说:"都通知了。一大早吴绍勋就过来说,毛哥早上出去时讲,这一久天黑得晚,他等天黑后赶回来,不会耽误开会。"

"这就好。"刘茂隆看着李中量又道,"你下午点再出去转一下,看看这周围有些哪样特殊的情况没有,大意不得。我在这里静一下,想想晚上开会的事。"

李中量说:"那你就在里屋躺一躺,我到外边去看看。"

说完,李中量走到前屋,帮着父亲打整裁缝铺的杂务。

谁能料到,此刻,陈惕庐已指挥众多特务,悄然向中共贵州省工委所属的几个联络点和学校支部扑来了。

万宝街裁缝铺,是特务们行动的第一个点。

在诱逼陈明仙道出"矛戈"的情况的同时,陈惕庐便指派特务王桂培利用同乡的关系,通过地下党外围组织的人员,接触了地下党员肖文琨。一来二去,王桂培打探到了万宝街裁缝铺的秘密。

刘茂隆前脚刚跨进裁缝铺,街口那两个学生模样的家伙其中的一个,转身一溜烟从公园路穿河西路朝省府路的国民党省党部跑去。没过多久,特务室行动股长李少白便带着一队人直奔万宝街。

此时太阳正当顶,路上行人稀少,也少见一队特务这么火急火燎的阵势。几分钟的工夫,这一伙特务便奔到了万宝街。几乎没有犹豫,就冲到了裁缝铺,一干人把裁缝

铺堵得死死的。李中量刚想张嘴问个缘由，就被一个特务当头一枪把击得眼冒金星躺在地上，三下两下被捆了个结实。刘茂隆在里屋听到有响动，撑起身子刚走到里屋门口，就与冲过来的几个特务撞了个满怀，眼镜也撞掉了，还没看清是什么人，也被一下击倒在地，让人反扭着双手绑了起来。

李少白令几个特务将刘茂隆和李中量拖进里层，把嘴堵上。眼见这一切，李裁缝吓得浑身"筛糠"，李少白一爪把他揪过来，推到案桌旁，恶狠狠地道："你老实点，没有你的事，做你的活路！敢吭声我敲碎你的牙巴骨！"无奈，李裁缝只好打着哆嗦，在案桌上继续缝衣服。设计好这个陷阱，李少白留下几个特务埋伏在裁缝铺里，自己便到街对面的一家肠旺面馆隐匿起来，坐待抓捕后来的人。

先后到裁缝铺的地下党员肖文琨、郑成诗相继被抓。

晌午时分，地下党员李策来到李中量家。刚一进门，几个特务便扑上来。李策稍一矮身，摆出一招功夫架势，扑上来的特务吓得退了一两步，呼的一下齐刷刷地掏出手枪，对准李策。李策见状，一激灵道："呵，是你们呀，自己人。"收了架势，装作不知情的样子又道："怎么？有行动呀？"几个特务相互看了一眼，也搞不清眼前这个身板壮实的小伙子是什么来路，其中一个偏着头疑惑地问道："你是干啥的？自己人？谁见过你？"

"呵呵，是没见过。你们可以去问一下陈专员。"李策见蒙住了对方，遂不紧不慢地说出了陈惕庐的头衔。

这一说还真是管用，特务们收起枪，把李策带到街对面的馆子里。

见到李少白，李策便先打招呼道："原来你在这里坐镇呀，李股长，辛苦了！有点哪样收获没有？"

李少白露出阴损而得意的笑样，"才刚开始。你来这

里干啥？"

"我？"李策假装不好意思地说："李裁缝家儿是我的同学，他家妹子长得还有点……乖，我想来约她去杨柳湾凫水，进门还没见到她，这几个兄弟就……"

"好啦，赶紧走，不要在这里搅塘子。"李少白不耐烦地说。

"那我就不打搅你们办事喽。"听李少白这么说，李策就顺势而别。

原来，省工委为了铲除陈惕庐这个特务头子，曾派李策接近贵州特务室外围组织的"青年阵地社"的骨干丁云鹤，意欲通过丁云鹤摸清陈惕庐的行动规律，然后伺机将其除掉。李策利用丁云鹤的关系，到过陈惕庐的家和办公室，而李少白也曾在陈惕庐家中见过李策，这才使得李策在万宝街能够脱离李少白的陷阱。

走出万宝街街口，确定没有特务盯梢，李策从东门文昌阁绕小巷来到文笔街高家花园见到秦天真，报告了所见到的情况。

秦天真顿感事态严重，立马决定李策到吴绍勋家，叫吴绍勋赶紧出城寻找林青，并尽量找到相关与会人员。

随后，秦天真到忠烈街找到徐健生，叮嘱徐健生在太阳落山前派人到万宝街街两头去值岗，堵住要去李家开会的同志。

徐健生到大井坎夏之纲家找到他妹妹夏之楣和她的同学支轴，安排她二人分别到万宝街两头去值岗，还特意吩咐太阳落山前就要到位。接着，他又满城去找那些将要与会的同志。

天渐渐黑了下来。在万宝街前街口担任值岗的夏之楣见万宝街似乎平静得很，没有发现什么形迹诡诈的特务暗探，天全黑下来后，也未见有开会的人来，心想，组织上是不是已经把要来开会的人都通知到了？她以为不会有事了，便悄悄地擅自撤离街口，回家去了。

而在后街口值岗的支轴看见天黑尽了，整条街也没有动静，开会的人也没一人再来，便也放松警惕，贸然前往李中量家打探虚实。谁知刚推开裁缝铺的门，便被躲在房内的特务一下子擒住，嘴里塞了一团碎布，押到了后屋。

就在支轴被抓不到十分钟，不知已发生变故的林青届时赶赴李家赴会。走到裁缝铺门前，林青警觉地侧耳细听，无啥动静，虚掩的门缝还透出柔和的光线。没有多想，他也就推门入屋。门刚打开，未及迈步，就见几条汉子凶猛扑来。转身跑已是来不及了。林青料想定是出事了，迅疾反应过来，与扑上来的特务打斗起来。他只身与几个特务搏斗，没过几招，头部被什么钝器击打了一下，顿时失去知觉，扑倒在地。一个特务跳过来，举着一把熨斗，熨面沾着血迹，怪声叫道："敢和老子们过招，让你尝尝裁缝家什的味道！"这时，李少白也从街对面的馆子里奔了过来，叱责道："赶紧捆起来带走。他妈的谁叫你们在这门口大街上打的！这后面的人还会来吗？蠢货！走，收队。"几名特务围上来，把尚在昏迷中的林青绑起来，拖拽着撤离了万宝街。

到了下半夜，秦天真还未得到林青的消息，子亥交错的时候，吴绍勋来了一趟，说天黑前在城外四周转了个遍也未见到林青。秦天真感觉林青肯定出事了。

第二天一大早，特务们又四处进行抓捕，雪涯路男师、大坝子女师和一些学校都遭到袭击。

1935年7月19日，这个可诅咒的日子。这一天之间，年轻的中共贵州省工委遭到重创：省工委书记林青、成员刘茂隆，贵阳县委书记李中量及数名党员被捕，十几名党的外围组织成员也被抓捕。

这次事件震动了山城贵阳，震动了全省地下党组织。在贵州党史上，这次省工委罹难被称为"七一九事件"。

抉择生与死

万宝街与国民党贵州省警备司令部中间也就隔着一个中山公园，距离还不到500米。林青和刘茂隆等地下党员和外围组织的成员在万宝街李裁缝家被抓捕后，很快就被关押到了警备司令部的牢房里。根据陈明仙提供的线索，陈惕庐知道李裁缝的儿子李中量是贵阳地下党的头目。故此，陈惕庐首先就把李中量押到警备司令部临时刑讯室。虽说是临时刑讯室，却也是刑具俱全，阴森恐怖得很。还没动刑，裁缝的儿子就哭得稀里哗啦地把他所知道的一切招供了。

从李中量口供中得知了林青和刘茂隆的身份，陈惕庐如获至宝，他想：只要能从林青和刘茂隆身上打开缺口，那么，彻底铲除贵阳乃至全省的地下党组织，也就不是难事。到了大功告成之日，委座肯定会"龙颜大悦"，再往后自己会怎么样呢？陈惕庐不免有些想入非非，脸上显得兴奋异常，心头美滋滋的。他吩咐手下准备了一桌酒席，他要上演一出"杯酒劝归降"的好戏。

戊亥时分,林青和刘茂隆被带到警备司令部一间会客室。林青在搏斗时头上被击中的伤在牢房里被草草地包扎了一下,缠在头上的绷带还洇出些许鲜红的血迹,头颅还在隐隐作痛,但他的头脑是清醒的。他和刘茂隆一前一后迈入会客室,只见室内桌子上摆满了美味佳肴,却只有四份杯盘碗筷。陈惕庐和贵阳警备司令兼城防司令郭思演从内室走出来,二人满面堆笑,迎上来招呼林青和刘茂隆入席就座。林青和刘茂隆相互对视一眼,会意地点了下头,不卑不亢地坐到桌旁。见二人入座,陈惕庐暗自高兴,示意站在一旁的勤务兵倒酒,自得地看了一眼郭思演,说:"郭司令,今晚我们就单独陪一陪两位尊贵的共党兄弟来个一醉方休,好吗?"郭思演哈哈道:"要得,要得。"

勤务兵把斟满酒的杯子恭敬地放到四个人的面前。陈惕庐端起酒杯站起来道:"来,我先提这第一杯,真高兴能和二位在这里把盏言欢,先前有不恭之处,还望二位见谅,那也是职责难违,多有得罪了,请……"陈惕庐做了个示意端杯的手势,继道:"第二杯呢,就请林老弟提啦!"陈惕庐话刚落音,林青、刘茂隆几乎在同时伸出手,把面前的酒杯往桌中推了推,林青声音不高,语气冷峻且有力地说:"这就不必了。别说第二杯,就是陈先生提的这一杯,我们也断断不会喝的。有什么就赶紧说!这酒啊菜的就免

了！"陈惕庐尴尬地收回伸出的手,嘴角很不自在地抽缩了几下,一时无语。沉默片刻,陈惕庐兀自坐下,道:"既然二位不领我这情,那我就直说了。要知道共产主义是不适合中国国情的。你们大概也知道,前不久才从我们贵州被赶跑的朱毛'赤匪'十来万人马,怎么样?还不是被政府打得只剩两三万人,东逃西窜,成得了什么气候嘛!最终下场,明摆着的嘛!我就是过来人,过去种种譬如昨日死,今日种种譬如今日生。你们都还很年轻,不要执迷不悟了。

给你们说句真心话,要解决中国的问题,解决民族的生存和民众的生活,只有力行总理的三民主义。你们呐,还真是太嫩了。"陈惕庐做出一副感慨万千的表情和口气,顿了顿,又继续说道:"只要你们认清楚眼前的大势,放弃搞什么共产主义,不要再去唆使那些青年人、学生娃娃闹这闹那,少给政府添麻烦,我和郭司令保证你们有一个适当的职位来发挥你们的才能。如果你们不愿意为政府做事,也可以考虑出洋深造,这样共产党也就为难不到你们。想一想吧,年轻人,你们那个省一级组织的头衔,究竟有多大的好处啊?这我很清楚的,想好了把你们的愿望告诉我。"

"哈哈哈哈!"陈惕庐话音刚停,林青突然仰头大笑,笑毕,林青慨然地反唇相讥道:"陈先生还没有忘记自己是个过来人啊?你还担心我们一旦像你一样做了叛徒,共产党为不为难我们?!哼,好一个厚颜无耻、出卖灵魂的狗!还有脸奢谈这主义那大势。"说到这里,林青一下站起来,指着陈惕庐,怒斥道:"别以为你卖身投靠当了高官,我们党就惩罚不到你,善恶终有报,你好好地等着吧!用我们家乡的话来说,你这种野狗,不遭岩石打死,也要遭天打雷劈。"

"啪!"陈惕庐被骂得如堕五里雾中,回过神来,猛拍了一下桌子,阴阴地挤出几个字:"好吧,既然敬酒不吃,那只有成全你们的名节了。"说完,一甩手,和郭思演悻悻地走了出去。两名卫兵进屋来,连推带搡地把林青、刘茂隆押回了监舍。

诱降不成,严刑拷打就成了特务室的看家本事。从酒未沾唇的宴席被押到监舍,未过子时,林、刘二人就被提到警备司令部刑讯室过堂。酷刑加身,一遍又一遍,轮番摧残着这两位贵州毕节、郎岱走出来的年轻人的肉与灵。打手们声嘶力竭的打骂声和受刑者凄厉的惨叫声时紧时缓,一直在警备司令部的院子里萦绕。几个时辰的酷刑拷打,打手们只赚得了一身臭汗和满脸血水。备受酷刑的林青、刘茂隆死去活来,只字未吐……

连续个把月的刑讯、利诱,都不奏效,陈惕庐的身心倒很疲惫了。没有办法,陈惕庐只好请示南京,对此案所涉及的人,判以不同的"刑罚",分别为:将林青、刘茂隆判处死刑,秋后执行;支轴、肖文焜、汤幼新、郑成诗、吴绍勋、孔华、罗朝秀、严金诚、陈克勤、史继祖等十数人被判处5年徒刑;对凌毓俊、何冠群、赖新民、朱世芳及几名受牵连的群众,准予通过社会关系取保释放。在此次事件中被抓捕的李中量、何群,则当了可耻的叛徒。此二人虽得到当局的一些好处,但永远被钉在革命历史的耻辱柱上。

1935年9月11日下午3时许,一队荷枪实弹的军警从中山公园旁的贵州省警备司令部大门口拥出来,沿着通向

黔山星火——中共贵州省工委的建立及活动

大十字的街两边，三步一岗、五步一哨地排列开来。随后，几名军警押着一辆黄包车缓缓地出了警备司令部的大门，林青被反绑着双手捆在黄包车上，褴褛的衣衫透出已经干涸的血迹，蓬头垢面的脸庞上，痛苦中透着刚毅，人显得分外憔悴，可那双眼睛却放射出鹰隼般的目光。

捆绑着林青的黄包车刚一走出警备司令部大门，林青便怒目圆睁，口中喷发出激越的呼声：

109

"打倒出卖国家民族的蒋介石!"

"中国共产党万岁!"

暴戾的敌人妄图杀一儆百,没想到都这个时候了,被摧残得几乎脱形的林青,还喊得出这振聋发聩的口号,反倒使押送的军警陡然一惊。任凭他三步一岗五步一哨,任凭他军警特务沿街把守,凶狠残忍如狼似虎,林青,这个毕节山乡飞出的高原山鹰,行将就义依然笑凶顽似虫豸,昂头颁慰人寰。高原山鹰自有冲霄的豪气,气宇轩昂视死如归。

一阵阵呐喊声从林青备受创伤的胸腔发出,人群中显出一些小小的不安与骚乱,待军警押着黄包车走到大十字时,观望的人陡然增加了许多。林青看见,几名地下党外围组织的成员混杂在人群中,在人群中涌动着,几乎要推开了持枪维护秩序的军警。林青心急地用焦急而不失沉稳的眼神示意这些往前涌动的年轻人,那眼神中分明是告诉这些年轻人:千万不要冲动,寡不敌众,千万不要因为我而造成不必要的更大的牺牲啊!那些往前涌动的年轻人似乎从林青的眼神中读懂了他的心声,渐趋平静了。

"起来,饥寒交迫的奴隶,起来,全世界受苦的人……"

骤然,林青平稳地唱起了《国际歌》,铿锵的音符如滚滚沉雷,在山城贵阳的中心街头游荡飘扬。

"不许唱!"

"住口!"

押车的军警怒吼怪叫着。林青不理睬军警的狂叫,依然平静地歌唱着。

领队的军官气急地吼道:"给老子把他的嘴巴杀穿,看他还唱得起不?!"

听见此言,一名狂躁的军警,"唰"一下从腰间拔出枪刺,一步跳上黄包车,凶狠地把枪刺从林青的左嘴唇直穿过右嘴唇,鲜血一下子淌满了林青的前襟。歌声被刺刀强行压住了,在痛苦中被迫停顿了。但不过几分钟短暂的停顿,忍受着巨大痛楚的林青,流着血的头颅昂然抬起,双腮嚅动,又从那血的火山口,从心底通过喉头,依然鸣唱出狂飙般的《国际歌》:"这是最后的斗争,团结起来到明天……"

围观的人群中几个胆大的发出阵阵慨叹:

"杀的是贵州共产党的头子,听说是个毕节人,叫林青。"

"真是个不怕死的汉子,都这么惨了,还唱。"

殷红的血,滴滴答答,像灿烂的花朵,从城中心大十字一直铺洒到洪边门外江西坡的一壁红石崖前。就在这里,就在这壁立如削的红石崖前,敌人的排枪举起,而林青却那么坦然,那么平静……

半月前,在狱中,在林青把生的希望留给了刘茂隆时,那一刻他就已做好了慨然赴死的准备。

有一个从上海税警团调到国民党贵州警备司令部监狱当看守的军警，是一个早年加入中国共产党后来与组织失去联系的地下党员，名叫董亮清，山东人。在监狱值守时，他打听到林青、刘茂隆是贵州地下党组织的负责人，决定想办法营救。然而，以带犯人上厕所越狱的机会只有一次，这一次机会只能救走一个人。董亮清心里暗暗作难，救谁呢？两人都是贵州地下党的重要人物，都是自己的同志，而且两人都是即将遭敌人杀害的战友。董亮清真不知该救谁，难以自己决定。他只好暗地里和林青、刘茂隆商量。一听有这样一个逃出牢笼的机会，林青、刘茂隆二人相望一眼，林青便毫不犹豫地对刘茂隆说："茂隆你走！"话语坚定，不容分说。

刘茂隆深情地看着林青，急推托道："不，你是中央决定任命的书记，你应该走。"在这生与死、希望与绝望较量的关头，两个共产党员，两个贵州地下党举足轻重的人物，为了党的事业，不顾自己，互相推让，都想把生的希望让给对方，把死的痛苦留给自己……

"茂隆，"林青庄重地嘱咐，"你出去以后，要尽快和组织取得联系……"

刘茂隆话语哽咽："毛哥呀，贵州不能没有你，你……"

"哎，茂隆啊！"林青打断刘茂隆的话道，"我脑壳受了伤，医治难以恢复，即便能越狱出去，对革命的贡献再咋个也没有你大了，还是你走好啊。"为了说服刘茂隆，林青借故自己头部受了伤，恳切地劝说刘茂隆。刘茂隆早已是泣不成声，面对林青的坚持和推让，他感慨万千："毛哥啊，毛哥，我不走，我不走……你一家……"

两双手紧紧握在一起，那奔流的血液仿佛透过肌肤，共流在彼此的血管和胸腔里。

最后，林青以中共贵州省工委书记的名义命令刘茂隆随董亮清越狱。

刘茂隆成功越狱后，牢房中的林青，忍着伤痛，抖擞精神，准备迎接更严酷的斗争。

刘茂隆越狱后，敌人加强了对林青的看管，生怕林青也插翅飞出去，给他戴上了脚镣。陈惕庐和郭思演料想不可能从林青这里获得什么，赶紧向上级呈报了尽快处决林青的请示。

在狱中又挨过了半个月，这一天终于到来了。凤凰涅槃，浴火重生。

罪恶的子弹终于射向这位遍体鳞伤、腮边还在滴淌着鲜血的年轻的中共贵州省工委书记的胸膛。阳光惨白，光晕刺得人睁不开眼，八月间贵阳的日头晒得人冒油。红石崖上空划过三声子弹凄厉的啸声，犹如山鹰从高空俯冲时发出的呼啸。枪响之后，那一刻刑场上寂静得如同一切都停止了似的。

时光流逝，距林青牺牲半个世纪后的1987年，贵州高原已是另一番天地。然而高原人民永远不会忘记，林青和他那一代人的贡献。也就是在这一年，在林青同志牺牲52周年之际，贵州人民在当年洪边门江西坡红石崖前，竖起了林青烈士的雕像。林青就义的地方——红石崖，经人民政府批准，列为爱国主义教育基地。人们时常到这里来凭吊先烈，回忆过去。

再照雄心酬

在董亮清带领刘茂隆成功越狱，省工委书记林青被当局公开杀害的这一段时间里，贵阳城大热天的却好似阴霾蔽日一般，闷热而恐怖，令人不寒而栗。通缉刘茂隆的告示在大街小巷上随处可见，军警、特务、暗探白天晚上不停地在城内城外游晃。陈惕庐坚信，十几天前从警备司令部监狱与看守一起逃跑的刘茂隆肯定还藏匿在城内。二人逃出警备司令部监狱不到一个时辰，全城就戒严了。虽然小小的贵阳城有9个城门，但每个门只要有一两个人把守盘查，任谁也别想混得出去。国民党枪决了林青，抛尸荒郊，意欲诱捕前来收尸的地下党。可没过三天，林青的遗体竟不翼而飞。陈惕庐气不打一处来，训斥了手下，但也挽回不了，也就不了了之，只好把全部精力和人手用来搜寻刘茂隆和董亮清二人。

且说，刘茂隆和董亮清从警备司令部监狱逃出来后，这十多天里确实一直藏在城内，没能逃出城去。原因有二：

一是各城门及四周城墙戒备甚严，内外的情况又不清楚，不能贸然走动；二是秦天真和地下党组织的同志，这一久都在忙着策划和奔走于营救林青的行动，而且党组织遭到严重破坏，骨干疏散，外围停动，确实没有人手来运筹和安排刘、董二人逃出城外之事。秦天真叮嘱徐健生到刘、董二人藏身的石岭街尼姑庵，告诉他们，敌人正在城内和城周严密搜查，风声甚紧，等过了风头，组织会安排他们安全撤离。

在林青的遗体被地下党设法找人安埋后的第三天傍晚，一场暴雨浇透了久未下雨、闷热难耐的贵阳城。当晚，秦天真冒着大雨来到高家花园，上得楼来，还没落座，秦天真就一脸严肃地对高言志说："瞎哥，形势紧急，看来茂隆他们再不能久待在城里了，时间长了，总会走露马脚的。我和徐健生、李策几人商量了，我们要开一个会，把这一段时间和以后的事捋一捋。我已通知了邓止戈，他已经从毕节那边往回赶了，他一到，会马上得开，所以他们必须尽快转移出城。地点已经落实好了，出了城就到宅吉坝李光庭家。"

"怎么转法？"高言志抬眼望着秦天真。

"我来找你，就为这个事。"秦天真停下话锋，眼神沉稳而又期待地看着高言志。高言志未及开口，秦天真又道："组织考虑想请你来承担这次接应任务。你先想一个方案，就这一两天，我们，包括你都要出城，参加这次会。"

送走秦天真，高言志独自一人伫立在楼下花园中。夜，已经很深了，但他全无倦意。

此时出城，谈何容易！

刘茂隆二人的处境危险重重。军警特务天天堵卡搜查，万一嗅到踪迹，那后果不堪设想。这城是非出不可的——然而，怎样出呢？

眼看着天就要亮了，还没有想出一个好主意。也罢，与其在这花园里苦思冥想，还不如天亮后出去看看情况，再作打算。高言志正举步准备上楼去休息一下，突然，前院厨房那边"咯咯咯、嘎嘎嘎"一阵鸡喊鸭叫。他转身来到前院厨房。

"今天有客？"高言志问厨房里的人，也没具体问哪个。见是东家少爷，一个老妇人惊喳喳地叫起来："哟，大少爷这么早，是听见公鸡哭爹鸭喊妈了吧……大少爷你不晓得是啷个事啊？是这样的喽嘛，三老爷昨天晚上专门吩咐说，今天宅吉坝杨舅妈家开吊，叫准备祭品，耽搁不得哟！"

"哦，是这回事呀。好，你们忙你们忙。"高言志喜滋滋地说了这一句，就三下两下蹦回到自己的房里。

这真是苦思冥想不得妙计，无意之中觅得良机。看来这是一个可以利用的好机会，但还得去城门边探探风声，打个前站。

天一亮，高言志就出了高公馆，不一刻，来到了洪边门。这洪边门是贵阳城内通往北郊的第一道关卡，足有一个班的军警守着。能闯过这道关口，城外那些临岗步哨就好对付了。

"站住！走哪点去？"离城门洞还有两丈远，一个长着一张"苞谷嘴"的卫兵就咋呼起来。高言志不慌不忙地走到城门口，掏出一包哈德门香烟，递了一支给"苞谷嘴"，说："想找老哥商量个事。"

"说，哪样事，我姓熊，上士、班长，看见没？""苞谷嘴"接过烟指了指自己的领章。

"哟哟，多有冒犯，熊大班长海涵海涵。"高言志不卑不亢地对"苞谷嘴"打了个拱手道，"是这样的。我是大坝子高家的，高可亭是我三伯，我是他大侄子。我家一个亲戚过世了，今天开吊，下午家里有几个要到宅吉坝送祭礼，想麻烦兄弟们……"

没待高言志说完，那"苞谷嘴"嘴巴一咧，讨好地说道："哟，是高大少爷，失礼失礼。"转瞬，却又吞吞吐吐地讷讷道："不过，大少爷你是晓得的，这一关紧得很，前久又跑了一个共党要犯，至今杳无音信……"

"我晓得。这一关弟兄们辛苦了。好吧，既然熊大班长你老兄这里为难，那就只好让我三伯去找郭司令喽。"高言志故意激那"苞谷嘴"，看得出这家伙是个趋炎附势之辈。

这一招果然奏效。"苞谷嘴"果然是个屌头鬼，忙呃、呃、呃地巴结道："这点小事咋个敢惊动三老爷和郭司令。再紧，你大少爷家的事嘛……嘿，好歹我还是个班长。哪家门前没有两块滑石板哟？"

"你老兄既然不怕担过，那我也就领情了。"高言志故作神秘地附着"苞谷嘴"的耳朵嘀咕了一阵。

转回家中，高言志想了一套说辞，然后来到高可亭的房间，向三伯父叙说了愿代家人去宅吉坝吊丧的想法。高可亭略一思索，也就应允了高言志的要求。

高言志找到堂叔高昌谋,把情况和打算如此这般说了一通,要堂叔高昌谋立马去找秦天真,汇报自己的打算。

很快,高昌谋就回来了,说秦天真同意这个方案,下午时,他也要过来,混在送祭礼的人群里边一道出城。

太阳偏西的时候,一行四辆拉上蓬的黄包车从大坝子高家公馆大门前出发,款款向城北洪边门走去。为首一辆坐的是高言志,最后一辆坐的是高昌谋,中间两辆车上坐的是四个穿着阔气的人,分别是刘茂隆、董亮清、秦天真、徐健生。每辆车上脚踏前,都摆满了祭品。

一行四辆黄包车离洪边门还有大老远,"包谷嘴"就屁颠屁颠地迎了上去,"大少爷,大少爷"地叫开了。

听见喊声,高言志撩开车蓬前的帘子,叫车夫快停下车,一边应答着"包谷嘴",一边从车座下取出两封点心、两瓶酒,塞到"包谷嘴"手中,说:"熊大班长,让你老兄费神了。来,这两瓶酒给弟兄们润润喉咙。"

来到城门口,"包谷嘴"对两个卫兵嘀咕了几句,随即一挥手,两个卫兵忙掮了枪,跑去开大了城门。

高言志对"包谷嘴"说:"实在让熊老兄劳神费心了,回头我会跟我三伯说,在郭司令那点吹你几句的。老兄啊,这几辆黄包车回来晚一些,到时请你给值岗的弟兄们打个招呼,让他们进城。"

说话间,四辆黄包车已鱼贯出了城门洞。

到了宅吉坝寨子外时，天已经黑了下来。高言志叫停了黄包车，说："里面的路不好拉了，我们走几步吧？"他付了车脚钱，几辆黄包车便掉转头缓缓地回城了。

贵阳城北郊宅吉坝东头李光庭家。

1935年9月下旬的这天下午，在省工委和贵阳地下党组织遭到严重破坏，省工委书记林青惨遭敌人公开杀害，省工委成员刘茂隆成功越狱并安全转移出城，众多党员和外围组织骨干分散隐蔽，各项革命活动基本处于"静默"状态的形势下，为了总结教训，重整旗鼓以利再战，中共贵州省工委在此召开了一次非常重要的会议。这次会议正值农历八月，史上就称之为"八月会议"。

因秦天真对党内、外关系的掌握和联系，便成了这次会议当然的组织者和召集者。参加会议的除省工委成员秦天真、邓止戈、刘茂隆外，还有徐健生、高言志、李光庭、喻雷等。李光庭和喻雷是秦天真单线领导的省工委军事小组的成员。红军在贵州转战期间，省工委军事小组运作了多次配合红军行动的武装斗争，主要地点在黔北和黔东南一带。红军入滇后，军事小组收缩力量，主要做一些兵运工作。

前一天晚上从高言志送祭的亲戚家来到李光庭家后，倦意、激动、思索交织在秦天真的脑海里。自从七一九事件至今两个多月，都在焦急、紧张的状态下工作、运转，此刻多想好好地休息一下呀。然而，肩上的责任不容许他躺下。他要考虑的东西太多了：组织发展、发动群众、开展斗争的成功与顺利；组织受挫、活动方式、纪律规范的失利与教训……会议上都要好好地理一理、顺一顺。下半夜，邓止戈从西线赶回，又在一起叙说到天亮，倦意被驱得一干二净。

中午时分，被通知来开会的各路人员都到齐了。大家胡乱在李光庭家吃了点东西，便开始开会了。秦天真心情沉重、神色庄重地提议向林青烈士默哀。之后，他大致讲了讲这一段各方面的情况，便由刘茂隆向组织汇报被捕情况，狱中表现和越狱经过，并着重讲述了林青等同志狱中斗争的情况。与会者或长或短都说了自己所担负的工作和进展情况，还谈了对七一九事件的看法和感想。

开会的人数不多，但要商讨和叙述的事却很多。不知不觉天就黑了下来。大家顾不上吃饭，也没有饿的感觉，只有一诉兴奋与悲痛、畅快与怨愤的欲望。李光庭的家人准备了还算可口的饭菜，但谁也没有食欲。会议照常继续。

大家相继都讲得差不多了，秦天真站起来道："七一九事件是国民党反动派镇压贵州人民革命运动，破坏中共贵州地下党组织的一次既快又大的行动，犯下了血腥的罪行。

这次事件的发生，说明了地下斗争的复杂性、严酷性，加之贵州地下党组织还很年轻，虽然在活动的方式、措施、纪律上不断规范、细致、严密，但仍有许多疏忽之处，加上敌人特务的狡诈、凶残，尤其是出现了陈惕庐这样的熟知我党内情和行动规律的变节投敌的特务头子，种种因素造成了这次事件的发生，使贵州地下党遭受了不轻的破坏和打击。所幸这次事件除万宝街茂隆的住处和大公巷吴绍勋家两处活动点被破坏外，我们设在高家花园、大井坎夏之纲家、忠烈街8号的三处活动点和联络点均免遭毒手。在贵阳的党员和进步青年，大多数也安全隐蔽了下来。省内其他地区，安顺、织金、毕节、遵义、凯里等地和打进黔军的党组织亦未受牵连，多数党员未出问题，破坏从总体上来看只是局部的。但这教训是深刻的。"

他顿了顿，又道："事件发生后，我们及时采取了紧急措施，依据具体情况，组织疏散和就地隐蔽，党员的发展工作也暂时停止了。这些做法，及时有效地保护了一大批党员和进步人士，为等待时机，进一步开展革命活动蓄存了力量。陈惕庐他们妄想借此机会将贵州地下党组织收拾干净的美梦也破灭了。他们的胡吹乱讲，实际上是为我们共产党做了一次公开，还有点效果的宣传，在贵州震动很大。"说到这里，秦天真语气转而低沉地道："最大的遗憾，是我们营救'毛哥'的行动成效不佳。客观上就是我们的力量还很弱,各方面的条件,包括武装力量不具备。但'毛哥'的牺牲使我们更加坚强了。一个林青倒下,更多的革命者站起来……"

会议开得很晚,也很成功。时近午夜,大家的谈兴还很浓。散会以后,又将要各奔东西,到自己活动的区域和事情中去了。这一散,还不知什么时候再能相聚呢。

"好啦,这时间也不早了,你们看这都半夜了,过了子时,又是新的一天,我们都做好迎接这新的一天的准备吧。问题、办法、后面咋个搞,大家都谈得差不多了。"大家谈兴正浓中,秦天真与邓止戈、刘茂隆三人凑到房间一角,小声商谈了几分钟后,秦天真又站起来,止住大家的议论谈话和交流,说:"这次会议到此结束。综合大家的意见和看法,茂隆同志归纳了几点,我们仨都看了看,就把它作为我们这次会议的一个决议吧。各位都在脑子里认真记一记,这可是我们今后的行动指南。下面就由茂隆同志谈一谈这几条决议吧。"与会者顿时停下自己的谈论,静静地用心记着刘茂隆用他那郎岱口音讲出来的中共贵州省工委"八月会议"做出的决议:

一、向林青同志学习,英勇战斗,战胜敌人;

二、改变党的工作的方式方法,变集体活动为单线联系,由党员去团结教育自己周围的人;

三、暂时停止发展党员,做一段巩固工作,避免被破坏,看准了再发展;

四、刘茂隆转移去上海;

五、尊重董亮清同志的选择,帮助他转移出去,转回山东老家;

六、秦天真到西路视察丁沛生领导的游击队以后,到上海、香港寻找党中央的联络点,汇报贵州的工作;

七、邓止戈到毕节一带继续执行中央指示,"面向遵义、重庆","背靠云南"组织武装的任务。

决议念完,会议也就结束了。天时很晚了,远近的同志都不便离去,便草草吃了点东西。会议结束,紧张的弦似乎松弛了些,倦意顿生,大家也就合衣或靠或躺,抓紧时间休息这一两个时辰,天一亮就要各自奔赴新的战场了。

宅吉坝"八月会议"后,中共贵州省工委的成员按照分工,先后离开贵阳。贵阳地区党的工作交给李策负责。鉴于七一九事件的教训,中共贵州各地各级党组织认真总结经验教训,活动更分散,斗争更隐蔽,为此后的革命斗争保留了生生不息的火种。